這個字，古人很愛用

趙啟麟 著

目錄

六　嶺上白雲：隱居者的好朋友　84

七　鷗鳥忘機：從此白鷗不再是白鷗　98

八　杳如黃鶴：旅遊勝地，不打卡嗎？　112

九

王孫歸來：山中可不可以久留？　128

十

草木搖落：悲秋的祖師爺

十一 巫山雲雨：最強AI的即時問答　180

目錄

十二　湘靈鼓瑟：兩位淚之女王

十三　雪夜訪戴：我玩夠了，不然呢？　234

十四

蓴羹鱸膾：再吃一頓家鄉菜　260

一

文君當壚：

窮小子寄生上流

關鍵詞【#司馬相如、#卓文君、#遠山眉、#鳳求凰、#臨邛、#茂陵、#成都】

故事

這是一個流傳千年的不倫愛情故事。

話說漢朝大文豪司馬相如（字長卿）原本追隨梁孝王，梁孝王過世後，相如一時失業貧困，幸好有臨邛縣令王吉熱情款待接濟。

臨邛這個地方有許多富人，當時要知道一個人有多富裕，只要看他們家有多少僮僕就知道了。例如卓王孫的家中有數百名僮僕，這就可以想像他的家底有多豐厚。他知道王縣令家中有貴客之後，便在家中大張筵席，邀請縣令和相如一起赴宴。相如大約是窮酸文人性格，原本稱病不願前往富豪家擺闊的宴會，但既然王縣令都親自來迎接了，他也只好勉為其難前往卓王孫家。

宴會上酒酣耳熱之際，王縣令取出一張琴跟相如說：「聽說長卿不僅會寫文章，而且擅長彈琴，或許此時有雅興彈奏一曲？」這些富豪和官員真是喜歡強人所難，相如推辭一番之後，不僅彈奏一曲，還接連演奏了好幾首。

為什麼相如本來不想獻技，卻彈得欲罷不能？因為卓王孫有個美貌的女兒卓文君，據說「眉色如望遠山，臉際常若芙蓉，肌膚柔滑如脂」，芳齡十七便成了寡婦。相如發現她在窗戶後偷聽他彈琴，可能她也喜歡自己的琴聲吧？他最後自彈自唱一首〈鳳求凰〉，暗示自己想要攜美眷回鄉：「鳳兮鳳兮歸故鄉，遨遊四海求其凰。」文君眼看著這位從容不迫、舉止高雅的客人，耳聽著情意綿綿、大膽露骨的樂曲，當下也是芳心暗許。

相如回家後，花費重金買通文君的侍女，傳達自己的一片痴心。這裡有點奇怪，前面才說相如此時貧困，只能仰賴縣令接濟，他哪來的錢？大概是縣令平常會給相如一些零用錢，而他此時意亂神迷，不惜血本。文君在閨房內聽到侍女傳言，也是喜出望外，某夜就潛逃出家門，與相如私奔數百里回到故鄉成都。

富家女與窮小子的夢幻愛情故事，終究要回歸現實。卓王孫發現他請來的客人竟敢竊玉偷香，當然火冒三丈，他說：「文君這個女兒實在太不像話，我雖然不忍心殺了她，但也別想要我給他們一文錢！」

到了成都，文君才發現相如家真是家徒四壁，男人的才華和愛情都不能當飯吃。失去父親的金援，文君每天都悶悶不樂，雖然不至於餓肚子，但想買酒還要典當衣服才行。有一天她說：「生活實在太苦了，不如我們回去臨邛吧，跟我弟弟借一些錢，一起做點小生意。」相如也知道不能讓文君繼續跟著他受苦，只好跟她一起回到臨邛，不僅跟弟弟借錢，還賣掉了僅餘的車馬，終於買下一間小酒舍。

酒舍裡，卓文君拋開富家千金的偶像包袱，親自當壚賣酒；相如扔下大才子讀書人的架子，穿著短褲跟其他夥計一起洗杯盤，可以想像這家新開張的酒舍一炮而紅。他們的生活雖然解了燃眉之急，但是卓王孫可就不開心了，他覺得女兒在外面拋頭露面很可恥，換他每天關在家裡悶悶不樂。

文君的弟弟和親友都來勸卓王孫：「你只有一個兒子和兩個女兒，文君既然堅決要跟相如成婚，而相如雖貧，卻的確是個可以依靠終身的人才，你就原諒他們吧！」畢竟是自己的女兒，卓王孫不得已，只好分給他們夫妻僮僕百人，金錢百萬，嫁妝一應俱全。

故事看到這裡，大家是否忍不住猜想，這根本就在卓文君的計算之中：到哪裡不好經營酒舍，偏偏要開在臨邛的大街上？文君果然人如其名，是個與相如匹配的才女。

文君和相如因此結束短暫的賣酒生涯，酒舍打烊之後，兩人回到成都，買了田產、購了房屋，成為當地富人。文君意志堅定如願以償，相如歸鳳求凰寄生上流。但是，這個以私奔為起點的愛情故事，雖然提供後世落魄文人不少安慰，但是文君與相如能從此白頭偕老嗎？我們看看後人怎麼說。

※本篇故事參考《漢書．司馬相如傳》及《西京雜記》

詩詞

古別離　唐・孟郊

欲別牽郎衣，「郎今到何處？
不恨歸來遲，莫向臨邛去！」

司馬相如到了臨邛，便偷香竊玉帶回美嬌娘卓文君，這件事在其他女人眼中是個恐怖故事：新寡的文君可以將大才子迷得暈頭轉向，那裡肯定是妖女的產地。

我們都讀過孟郊的〈遊子吟〉，知道母親只恐兒子出門後，不知何年才能回家：「臨行密密縫，意恐遲遲歸。」孟郊的這首〈古別離〉則從妻子的角度對丈夫說：你遲歸倒是無所謂，外出工作總是身不由己，但千萬不要去臨邛啊！去了臨邛，一怕你不回來，二怕你多帶一個人回來！

都說「郊寒島瘦」，孟郊與賈島皆為苦吟詩人的代表，但我覺得孟郊挺幽默的。

白頭吟 唐・李白

錦水東北流，波蕩雙鴛鴦。
雄巢漢宮樹，雌弄秦草芳。
寧同萬死碎綺翼，不忍雲間兩分張。
此時阿嬌正嬌妒，獨坐長門愁日暮。
但願君恩顧妾深，豈惜黃金買詞賦。
相如作賦得黃金，丈夫好新多異心。
一朝將聘茂陵女，文君因贈〈白頭吟〉。
東流不作西歸水，落花辭條羞故林。
菟絲固無情，隨風任傾倒。
誰使女蘿枝，而來強縈抱。
兩草猶一心，人心不如草。
莫卷龍鬚席，從他生網絲。
且留琥珀枕，或有夢來時。

覆水再收豈滿杯，棄妾已去難重迴。
古來得意不相負，祇今惟見青陵臺。

司馬相如畢竟是當世才子，後來更受到漢武帝賞識。相傳武帝自小便對陳阿嬌情有獨鍾，發願當建金屋藏嬌。他長大後如願迎娶阿嬌為后，但是好景不長，皇帝只有征服的野心，沒有廝守的愛情。阿嬌失寵後，曾以黃金百斤的稿費請司馬相如寫〈長門賦〉，希望漢武帝能回心轉意。另有傳言，相如自己也不安於室，曾想娶茂陵女為妾，文君因作一首〈白頭吟〉與相如訣別：「淒淒復淒淒，嫁娶不須啼。願得一心人，白頭不相離。」李白將這兩個負心漢相提並論，寫了一首古樂府，感慨覆水難收，世間難得一心人。

琴臺 唐・杜甫

茂陵多病後，尚愛卓文君。酒肆人間世，琴臺日暮雲。
野花留寶靨，蔓草見羅裙。歸鳳求凰意，寥寥不復聞。

司馬相如想納妾一事，載於相傳為西漢劉歆所著的《西京雜記》，內容不一定可靠。杜甫就不相信這件事；但是相如患有消渴疾（可能是今日的糖尿病）倒是肯定的。杜甫這一天去到司馬相如晚年居住的茂陵時，見到相如的琴臺遺址，便寫了這首詩讚頌兩人不顧世俗眼光的戀情。

詩中「日暮雲」語出南朝梁江淹詩「日暮碧雲合，佳人殊未來」，惋惜自己見不到卓文君這般的奇女子。杜甫之前在渭北想念身在江東的李白時，也說「渭北春天樹，江東日暮雲」。

杜甫為人忠厚，他相信司馬相如和卓文君死生不渝；李白倒像個書呆子，書念多了卻只記得八卦。

杜工部蜀中離席　唐・李商隱

人生何處不離群？世路干戈惜暫分。雪嶺未歸天外使，松州猶駐殿前軍。
座中醉客延醒客，江上晴雲雜雨雲。美酒成都堪送老，當壚仍是卓文君。

杜甫任劍南節度使嚴武的參謀時，嚴武表奏杜甫為「檢校工部員外郎」，故後世稱杜甫為「杜工部」。安史之亂後杜甫客居蜀地，他為何要特別寫詩懷想司馬相如及卓文君呢？或許那種平靜美好的生活，正是杜甫的嚮往吧，這點可以從李商隱這首詩窺知。

當時各地戰亂不斷，李商隱正要離開成都，他想起了大前輩杜甫也是因避難離開成都，故模仿杜甫的風格寫了此詩。人生豈有不散的筵席，人生何處不離群？偏偏眾人皆醉我獨醒，心情晴雨難分。如果成都仍是文君當壚，誰不想飲著此地的美酒養老呢？李白和杜甫或許不是讀到不同的文君故事，而是在杜甫多病多難的人生，他想要相信：那裡曾經有一個圓滿的結局。

夢相親（木蘭花） 宋・賀鑄

清琴再鼓求凰弄，紫陌屢盤驕馬鞚。遠山眉樣認心期，流水車音牽目送。
歸來翠被和衣擁，醉解寒生鐘鼓動。此歡只許夢相親，每向夢中還說夢。

司馬相如琴挑卓文君，卓文君眉色如望遠山，才子佳人終成眷屬。這個故事牽引多少後世文人的春心，不過男方如果不像司馬相如般雍容閒雅，女方不如卓文君大膽機智，便是想學也學不來。例如北宋大詞人賀鑄，也曾想效法司馬相如彈奏〈鳳求凰〉，希望能迎得畫有遠山眉的美人歸。但是事與願違，他必須深藏這等痴心，連夢中都不敢訴說，只能在夢中夢與對方相見。據陸游《老學庵筆記》記賀鑄：「狀貌奇醜，色青黑而有英氣，俗謂之賀鬼頭。」不知道對方是否外貌協會，看不上這位有英氣的才子，真是悲傷的一首詞。

二

韓壽偷香：妹妹，我不想努力了

關鍵字【#韓壽、#偷香、#八王之亂】

故事

晉朝開國大臣賈充曾隨司馬昭東征西討，晉武帝司馬炎亦器重有加，任命為司空，女兒賈南風則為晉惠帝皇后。這樣一位雄才大略的人物，卻栽在幕僚裡的一個年輕帥哥手上。

話說韓壽以「美姿容」聞名，但賈充可能沒注意到這點，招他為司空祕書。賈充每次跟幕僚開會時，待字閨中的小女兒賈午都會在青瑣窗後偷看，當然是看這個型男。賈午看著看著，引發了思春少女的症狀，開始在閨房中寫起情詩。賈午的小婢跟她說，那男人是她的前雇主，姓韓名壽。那真是太好了，賈午便遣小婢藉故去韓壽家。

小婢見到前雇主，不僅說了小姐每天對他朝思暮想，還加油添醋形容了小姐多麼光麗豔逸、端美絕倫。韓壽一聽之下，大為心動，但知道自己高攀不上，賈家女兒只能嫁給皇親國戚，他可沒機會明媒正娶。他也是膽大包天，不想努力的人要更努力，便請小婢回去跟小姐約了幽會之期。

幽會當晚，這才顯出韓壽的真功夫。他潛到了圍牆之下，竟然一躍而過，神不知鬼不覺，只有賈午在房內等著情郎到來。

「豈無膏沐，誰適為容？」自此之後，賈午每日容光煥發，連賈充都發現女兒神情暢悅有異於常。

這一日賈充與幕僚開會，聞到韓壽身上有一股異香，他認得這是西域進貢的奇香，塗抹在身上，香味可維持一個月而不歇。不過晉武帝只有將這種奇香賞賜給自己和大司馬陳騫啊！事情不妙，這個韓壽可能跟女兒暗中交往了！但是白天他們當然不可能幽會，而夜晚呢？司空府第的圍牆既高且廣，他怎麼可能進出自如？

賈充假裝家中遭盜賊，使人修葺圍牆，工人認真巡視一周後回報：「只在東北角牆頭有一個類似狐狸的腳印。」這就奇了！賈充乾脆直接派人把賈午的婢女都帶來拷問，婢女當然乖乖和盤托出。

這件事對賈充來說實在太過丟臉，他不想對外張揚，便讓賈午與韓壽祕密成婚了。

史書上的記載很簡短，這便是成語「韓壽偷香」的由來。先不論「偷香」者其實是賈午而非韓壽，這個故事還是不太合理。既然韓壽的輕功過人，他們倆想瞞天過海應該易如反掌，為何他會塗上奇香去跟老闆開會？這豈非掩耳盜鈴？

或許就像卓文君故意回臨邛開酒舍，自己還當壚賣酒，她知道父親會受不了外界眼光而屈服。賈午或許也知道父親的軟肋所在吧！果然計畫通。

清人洪昇《長生殿》中，楊貴妃的三姊虢國夫人說自己原本守寡，不與外人往來，便同時用了卓文君和韓壽這兩個典故：「琴斷朱弦，不幸文君早寡，香含青瑣，肯容韓掾輕偷？」想來大概是認為自己不僅是絕世佳人，而且還相當聰明。不過楊家姊妹權傾天下，間接導致大唐傾頹。而韓壽、賈午的故事也還沒結束，他們這次偷香，偷出來未來一場大災難。

韓賈婚後順利產子，由於賈充沒有子嗣，便過繼給賈家，取名賈謐，並繼承了賈充的魯公爵位。另外，晉惠帝的皇后賈南風始終未生子，因此便立庶子司馬遹為太子。不過長大後的賈謐和阿姨賈南風勢力非常龐大，對太子相當怠慢無禮。其後宮庭權力爭奪日漸激烈，賈后與賈謐因此聯手殺害太子，趙王司馬倫則起兵征討賈后，最終引起八王之亂，導致西晉滅亡。

歷史只能複習，沒有如果，如果沒有韓壽偷香……

※本篇故事參考《世說新語．惑溺》及《晉書．賈充傳》

詩詞

無題四首（其二） 唐．李商隱

颯颯東風細雨來，芙蓉塘外有輕雷。金蟾齧鎖燒香入，玉虎牽絲汲井回。
賈氏窺簾韓掾少，宓妃留枕魏王才。春心莫共花爭發，一寸相思一寸灰！

晚唐李商隱的詩讀來有不盡的纏綿，但卻又不易解釋。

這首詩乍讀之下，應該能想像是少女思春之情，我們也知道了第五句裡賈午與韓壽的故事。第六句則是說魏東阿王曹植喜歡甄宓，曹操卻將甄宓許配給五官中郎將曹丕。甄宓死後，曹丕知道曹植對她餘情未了，便將甄宓的嫁妝玉鏤金帶枕送給了他。後來曹植行經洛水，甄宓入夢說：「我本傾心於你，不能如願，只願這玉鏤金帶枕能代替我陪伴你。」曹植悲不自勝，寫下名作〈洛神賦〉。

了解這兩個典故之後，對這首詩還是有點朦朧吧？其實這是李商隱故意埋藏的字謎。首聯合看即是北宋秦觀〈春日五首〉的「一夕輕雷落萬絲」，雨後芙蓉（荷花）別有清香，所以杜甫〈狂夫〉說「雨裛紅蕖冉冉香」，因此第一句的細雨即雨「絲」，第二句的芙蓉為「香」，兩句合看就是諧音「相思」。第二聯字面上已直接出現「香」、「絲」。第五句韓壽偷「香」，曹植謚號「思」，後世稱陳思王，仍是「相思」。末聯才終於點出答案「相思」。

李商隱或許不是要故意寫得如此隱晦，而是在深情人眼中，無論自然、人事、歷史，人間無處不相思。

比紅兒詩（其十七） 唐末・羅虬

一抹濃紅傍臉斜，妝成不語獨攀花。
當時若是逢韓壽，未必埋蹤在賈家。

這是史上最匪夷所思的一組詩。羅虬任某將軍的祕書時，看上了將軍幕府中的一名樂伎杜紅兒，某次宴會時，羅虬拿出彩金要紅兒唱歌，但將軍說紅兒已經許配給副將了，所以不能為羅虬唱歌。這挺合情合理的吧？沒想到羅虬回家後愈想愈氣，竟然持刀去殺了紅兒！

事後羅虬後悔不已，寫了一百首詩，以歷史上著名的美人如楊貴妃、西施、王昭君等人跟紅兒比較，認為沒有人比得上紅兒。這種贖罪行為看似無濟於事，人死如燈滅，但他的出發點應該是想讓紅兒至少能在身後留名吧。其中這一首即是說：如果韓壽先遇到美貌的紅兒，未必會跟賈午偷情。這種說法有點一廂情願，因為韓壽未必只是為了賈午的美貌，除非紅兒真的美到讓人義無反顧。

望江南　宋・歐陽脩

江南蝶，斜日一雙雙。身似何郎全傅粉，心如韓壽愛偷香，天賦與輕狂。
微雨後，薄翅膩煙光。才伴遊蜂來小院，又隨飛絮過東牆，長是為花忙。

這首詠蝴蝶的小詩非常輕快，不過卻對蝴蝶和蜜蜂有些偏見。

詞中「何郎」為曹魏時期的玄學家何晏，據說他面容皎白，魏明帝懷疑他臉上傅（敷）了粉，故意在大夏天賜他吃熱湯餅。何晏愈吃愈熱，一頭臉大汗，以衣服拭汗之後，臉色卻更晶瑩剔透，魏明帝才相信他是天生麗質。

歐陽脩說蝴蝶的外型彷彿敷了粉，蝴蝶的個性則如韓壽愛偷香。這兩句都不對勁，何晏其實未敷粉，韓壽更只有偷人、沒有偷香，香是賈午給他的。下句「輕狂」指蝴蝶用情不專，因此跟同樣四處浪蕩的遊蜂、飛絮再過東牆採花。不過韓壽只跟賈午幽會，後來兩人也成親了，被歐陽脩說他「愛」偷香和整天為花忙，這有點冤枉。而且要求蝴蝶不輕狂，對一朵花用情專一，那才沒天理吧！

春光好　五代末宋初・歐陽炯

芳叢繡，綠筵張，兩心狂。空遺橫波傳意緒，對笙簧。
雖似安仁擲果，未聞韓壽分香。流水桃花情不已，待劉郎。

歐陽炯是五代花間派重要詞人，這首詞描述春遊時男女目光橫波傳情，卻無機會進一步發展戀情，女孩兒只能空自等待焦急的心情，所以說「未聞韓壽分香」。這裡用「分香」比「偷香」準確多了，花間派擅長捕捉男女戀情的幽微之處，果然有認真看故事。

另外，這裡出現了與韓壽同時代的另一個知名帥哥潘岳（字安仁），即後世習稱的潘安。據說他每次出遊時，路上的瘋狂年輕粉絲會手牽手攔住他（想合照？）熟女則會丟擲水果到他的車上（斗內？）潘安回家時，水果通常都載滿一車。當時以〈三都賦〉造成「洛陽紙貴」的另一才子左思，也想效法潘岳駕車出遊，但是路上婦人看見他的容貌，卻不約而同朝他吐口水，左思只好頹然喪氣逃回家。當時的粉絲還真是……做自己啊！

至於這首詞末的「流水桃花」和劉郎，就是下一篇的故事了。真是的，連花間派詞人都要在一首詞中用了三個典故。

三

劉郎阮郎：名副其實的桃花運

關鍵詞【#劉晨、#阮肇、
#天台山、#剡溪、#桃花流水】

故事

《西遊記》第一回寫道，美猴王與群猴享樂天真，一日忽然流淚，擔心將來年老血衰，終不免一死。一隻老猴說，若能學會神仙之法，就可躲過輪迴，不生不滅。而那神仙「只在閻浮世界之中，古洞仙山之內。」這就開啟了美猴王尋仙訪道，終成齊天大聖孫悟空之路。

但是尋常人要去哪裡找到古洞仙山呢？話說東漢永平五年，剡（ㄕㄢˋ）縣劉晨、阮肇兩人上天台山採藥，雖是平常走熟的路，這天竟然迷路了。不過兩人野外求生技能滿點，掙扎了十三天才吃盡糧食。飢寒交迫之時，他們發現對面峭壁上有一棵大桃樹，樹上結滿桃子。這兩位求生技能王先是溯溪到了對岸，再拉著藤葛攀岩，終於摘到了幾枚桃子，體力滿血回歸。他們回到溪邊喝水時，發現溪裡流下來一些新鮮的蕪菁葉，馬上再吃起生菜沙拉。然後溪裡又流下一個杯子，裡面有一些芝麻飯粒。他們如絕處逢生：「這附近必定有人家！」

兩人逆流而上兩三里之後，兩個姿質妙絕的美女看見他們拿的杯子，開心的笑了：「劉、阮二郎，你們撿到我們流走的杯子了，怎麼這麼晚才來呢？跟我們回家吧！」這劉、阮二郎不知道是不是受困在山中太久了，頭腦不太清楚。他們雖然心中疑惑，為什麼這兩位美女會知道他們的姓？但是她們的聲音真是好聽，清脆婉約，於是很高興的乖乖跟著兩女回家了。

到了她們家，看見屋子的東邊和南邊各有一大床，床上掛了綺羅帳幕，帳腳還掛了許多金銀鈴鐺。這也就罷了，每張床頭竟然各有十侍婢。這是到了女兒國嗎？

兩女跟侍婢說：「劉、阮二郎雖然已經吃了仙桃，但身體仍然虛弱，快快準備些美食來。」侍婢很快就端出了芝麻飯、山羊乾和烤牛肉。

劉阮二郎這時可能更疑惑了，我們是死了之後來到天堂嗎？總之既來之則安之，他們吃了芝麻飯、牛羊肉，又喝了一點酒之後，一群侍女端著一些桃子出來說：「恭喜恭喜！新婚大喜！兩位仙女終於得到夫婿了。」

這是什麼仙人跳的情節？劉阮二郎平常也就是採藥維生，又沒有可供詐騙的資產，為什麼會挑上他們？仔細回想，仙女挑夫婿時，設下了許多關卡，任何一個關卡失敗，都不會遇見仙女：在山中迷路十三天而能存活、設法採摘峭壁上的仙桃，最重要的是拿著芝麻飯杯找到她們，回家後還不疑有他的吃了芝麻飯。

為什麼芝麻飯這麼重要？應該不是仙女的特殊飲食習慣，也不是吃了芝麻就能成仙。古時諺語云：「長老（和尚）種芝麻，未見得。」據說芝麻（或稱胡麻）要夫妻同種才種得成，因此和尚種不好芝麻。晚唐婦人葛鴉兒懷念出征的丈夫時便說：「胡麻好種無人種，正是歸時底不歸？」希望丈夫可以早點回家一起種芝麻。所以仙女請他們吃芝麻飯，可能含有告白之意。這是個好習俗，可惜現代已經失傳。大家以後去吃日式料理，桌上如果有瓶芝麻鹽，可以幫心怡的對象撒在飯上，看對方能否解此風情。

劉阮二郎在山中住了十日後，開始想家了，但兩位仙女說：「你們能來到這裡，就是前世註定的姻緣，為何還想回家呢？」就像小老鼠，上燈台，偷油吃，下不來，劉阮上天台山也回不來。不知道這裡是否一眾侍婢把守森嚴，或是兩位仙女說話的聲音有什麼魔法，總之他們又住了半年。

此時已是春暖花香，百鳥啼鳴，劉阮二郎又想回家了。仙女說：「可惜，你們塵緣末了，看來是留不住你們了。」於是三、四十位侍婢為他們辦最後一場宴會，然後指明道路，送他們下山回家。

劉、阮回到家鄉後大吃一驚，這裡人事全非，房屋道路截然不同，整個鄉里都是陌生人。但看著附近的山川地形，這裡又的確是家鄉無誤。他們問了路人之後才知道，這裡的鄉人是他們七世之後的子孫，其時已是東晉太元八年，距他們上山採藥已經過了二百多年。這些子孫說，傳聞有兩位祖先上山採藥，從此不見蹤影。

劉、阮二郎聽完後心情愁悵，他們想回家，但是家已經不在了。他們循著原路想要再上山找仙女，但是，下山的路已經找不到了。從此沒有人再見過他們，或許他們在山裡又迷路了？

兩位聲音清脆的仙女後來呢？她們在這個春天看著桃花流水，是否整日思念劉、阮二郎？

對了，除了劉、阮這兩位從漢朝穿越到晉朝的男人之外，晉太元年間還發生另一件影響深遠的大事：有一位住在武陵的漁夫也迷路了，而且他遇見了一群古人……

※本篇故事參考南朝宋劉義慶《幽明錄》及晉干寶《搜神記》

詩詞

無題四首（其一）　唐．李商隱

來是空言去絕蹤，月斜樓上五更鐘。夢為遠別啼難喚，書被催成墨未濃。
蠟照半籠金翡翠，麝熏微度繡芙蓉。劉郎已恨蓬山遠，更隔蓬山一萬重。

詩詞中只要提到「劉郎」或「阮郎」，幾乎都是引用劉晨、阮肇入天台山的典故。這首女孩想念情人的詩，最後用了「劉郎」代指情郎，也就是暗示兩人可能終無再見之日，呼應首句情人一去不回頭的絕望。詩中將天台山換成蓬山，這是傳說中蓬萊、方丈、瀛洲海上三神山之一，這樣看來要見面就更是困難一萬重。

不過在原本的故事中，劉郎倒是沒有跟仙女許諾會再回來，所以也不能說他許下「空言」吧？

送閻二十六赴剡縣　唐・李冶

流水閶門外，孤舟日復西。離情遍芳草，無處不萋萋。
妾夢經吳苑，君行到剡溪。歸來重相訪，莫學阮郎迷。

李冶，字季蘭，唐朝的女道士是可以談戀愛的，這首詩中的閻二十六可能是她的情人。李季蘭送別他時寫下這首詩說，你要去剡溪，那裡不正是阮肇上天台山之處嗎？你要快快回來看我，不要學阮郎一去不回啊！

除了司馬相如的臨邛之外，看來剡溪也是個危險的地方。

天仙子　五代・和凝

洞口春紅飛簌簌，仙子含愁眉黛綠。阮郎何事不歸來？懶燒金，慵篆玉，流水桃花空斷續。

大部分文人寫詩都想著劉晨、阮肇的奇遇，五代的和凝倒是比較同情兩位天仙。你看看，阮郎離去後，仙子連燒金篆玉這類神仙之事都懶得做了，整日望著流水桃花發愁。那片片飛落的桃花，也彷彿是仙女撲撲簌簌的眼淚。

山中問答　唐・李白

問余何意棲碧山，笑而不答心自閒。
桃花流水窅然去，別有天地非人間。

這首詩乍看很單純，只是李白描寫他在碧山讀書隱居的生活，不過卻留下一個懸念，到底他在碧山有哪些不想回答的事情？詩名也題作〈山中答俗人〉，難道他自己就不是俗人嗎？

後世有些學者會說，李白這是有諸葛亮之志。因為碧山在荊州，而諸葛亮當年在荊州與徐庶等三人讀書時，看著他們用功苦學，他自己則看書只看個大略，就在旁邊抱著膝蓋說：「你們三人的官位最高可至刺史郡守。」他們三人反問：「那你呢？」諸葛亮笑而不言。

李白自比諸葛亮這個說法雖然有點道理，但無法說服讀詩人，因為諸葛亮跟「桃花流水」沒什麼關係，而且諸葛亮之志也是在「人間」。所以，我想李白會說「答俗人」，那是因為他在山中遇到了仙人，仙人所居之地當然「非人間」，而且那裡有「桃花流水」。

這樣解釋就很合理了，李白可能是如劉阮二郎走了桃花運，但這種美妙的事情又不能明說，所以只能「笑而不答」了。

瑞龍吟　宋·周邦彥

章臺路，還見褪粉梅梢，試花桃樹。愔愔坊陌人家，定巢燕子，歸來舊處。黯凝佇。因念箇人痴小，乍窺門戶。侵晨淺約宮黃，障風映袖，盈盈笑語。前度劉郎重到，訪鄰尋里，同時歌舞，唯有舊家秋娘，聲價如故。吟箋賦筆，猶記燕臺句。知誰伴、名園露飲，東城閒步？事與孤鴻去。探春盡是，傷離意緒。官柳低金縷。歸騎晚，纖纖池塘飛雨。斷腸院落，一簾風絮。

後人讀到劉阮二郎的桃溪故事，常覺得根本是這兩個男人出外浪遊，回家謊稱遇仙才羈留半年不歸。

例如宋朝大詞人周邦彥就不像李白「笑而不答」故弄玄虛，這首〈瑞龍吟〉中的「章臺路」，即是歌樓酒舍林立之地，「秋娘」則是青樓酒家女子的代稱。他說自己當年遇見秋娘，便如劉郎遇見仙女，可惜無法長久廝守；今日歸來，人事已非，只有秋娘仍然是大家追捧的明星。

詞中的「劉郎」除了指劉晨，也同時用了中唐劉禹錫的典故。劉禹錫被貶官多年後，終於回到京城任職，他看到京城中大家都爭相去玄都觀賞桃花，心中冷笑，十年前哪有這些桃花？所以寫了「玄都觀裡桃千樹，盡是劉郎去後栽」。然後滿朝新上任的權貴，認為劉禹錫寫詩譏諷他們只是沒有經驗的新人，所以聯手排擠劉禹錫，所以他又被貶官了。

再十二年後，劉禹錫終於再返京城任官，如果他會從此偃旗息鼓、與人為善，那就不是「詩豪」劉禹錫了，他馬上又寫下〈再遊玄都觀〉：「種桃道士歸何處？前度劉郎今又來。」啊哈哈哈，我又回來了。

劉晨和劉禹錫的故事中都出現桃花，所以周邦彥用了劉禹錫後一首詩的「前度劉郎」，同時指自己既像劉晨回來尋仙，又像劉禹錫十餘年後才終於回到故地。

寫首情歌都要用到這麼多典故，我想秋娘應該也是飽讀詩書才看得懂吧？

四

桃花源記：

無政府嬉皮的幻想文

關鍵詞

【#陶淵明、#桃花源、#桃花林、#武陵、#避秦、#「不知有漢，無論魏晉」】

故事

〈桃花源記〉的故事大家耳熟能詳了，但我們要從第一句話說起：「晉太元中」。

東晉孝武帝太元年間，前秦苻堅一統北方諸國，意氣風發，親率百萬大軍南下，孱弱的晉國想必唾手可得。這時東山再起的謝安，派遣謝石、謝玄提點八萬北府兵，在淝水之戰奇蹟似地大破北方大軍。但是，晉國有驚無險地度過這次滅國危機之後，竟然不是勵精圖治，朝廷內部掀起血腥的權力爭奪戰，謝安、謝玄等功臣在幾年內相繼過世。

前一篇的劉晨、阮肇就是這麼倒楣地穿越到了內憂外患的晉太元年間。

此時，遠離北方戰火的武陵，有一名漁夫沿溪駛著一艘小船，這條小溪平常就是他捕魚的地方，但卻忽然遇見一片夾岸數百步的桃花林，他嚇了一跳：「我是誰？我在哪？這是線上遊戲開了新地圖嗎？我怎麼從沒見過？」這批桃花林很純，一棵雜樹都沒有，只見下面芳草嫩綠鮮美，上面桃花風飄萬點，落英繽紛。幾百年後的南宋東邪黃藥師就受此景象啟發，練就了獨步武林的「落英神劍掌」。

漁夫到了水源地之後又遇到一座山，山洞中彷彿若有光。這是不是傳說中神仙居住的古洞仙山？他也真是大膽，一個既陌生、入口又狹小的山洞，你敢鑽進去嗎？他不僅爬了進去，而且一時看不到出口他也沒退出，還往前爬了數十步，然後豁然開朗！

幾百年後的元朝張無忌也爬進山洞，到了世外桃源，練成九陽神功。不過漁夫只在平曠的土地上，看見房屋、美池、桑樹、竹林、良田，還聽得到雞鳴犬吠。當然，農田中還有農夫，這不奇怪，但他們都穿得像外國人：「我是誰？我在哪？是我突然出國了？還是這裡住著一群外國人？」

這些奇裝異服的人看到漁夫也嚇了一跳，大人小孩都跑來圍著他：「兄弟，你從哪來的？」漁夫鬆了一口氣，還好他們也說漢語，那就好辦了，他指著山洞：「我在溪邊看到桃花林之後，到了溪源從這個山洞鑽進來的。」

「真沒想過會有人鑽進來啊！」這些外國人帶他返家，殺雞煮酒，想聽他說說外面的世界。

漁夫說：「先請問一下，你們在這裡住了多久？怎麼穿得這麼奇怪？」

一人回答：「秦始皇統一天下之後，暴虐無道，所以我們整村的人就逃來這裡避難。幾年下來，既然秦軍一直沒發現我們，我們也就從未外出，在這裡安居樂業。現在外面還是秦國的天下嗎？」

漁夫聽了傻眼，「啊，原來你們穿的是秦國時的衣服款式啊，難怪，」他說，自己就算沒讀書，也聽過歷史故事，「別怕別怕，秦始皇早在五百多年前就死啦！」然後他一一解說後來有漢、三國，然後才到了魏晉，早就改朝換代又換代又換代了。

接下來好多天，每天都有人來聽他免費說故事，這些秦人看來對外面的世界真的一無所知。漁夫想，「原來是一群無政府的嬉皮啊！難怪這麼快樂。」現在外面皇帝雖然不是秦始皇，但一樣戰禍連年，竟然人間還有這麼一塊太平樂土。桃花其實是逃花，真想帶村人逃來這個地方。漁夫要回家之前，嬉皮們千叮萬囑：「不足為外人道也。」你就當成一場夢吧，別跟外人說啊，我們已經與世界格格不入，如果讓外人發現我們，我們又得逃了。不過這位漁夫可沒答應嬉皮。他鑽出山洞後，找到自己的船，想起自己是「捕魚為業」而不是「捕魚為樂」，所以他在現實社會中有自己該做的事。他就像《糖果屋》的漢賽爾與葛麗特，划著船沿路做記號，然後去拜見太守，說明來龍去脈。

太守一聽大奇，自己的轄境竟然有一群化外之民，馬上派人跟著漁夫前往。但是就如嬉皮說的，一切彷彿一場夢，桃花林、水源洞口都消失了，「遂迷，不復得路」。

南陽有一名士子劉子驥喜歡遊山玩水，尋仙訪道，他聽到這個故事，也前往尋找桃花源，但終究沒找到，沒多久就病死了。後來就沒聽說有人再去找桃花源了。

◊ ◊ ◊

我們知道〈桃花源記〉這篇文章是東晉陶淵明所撰，但他為何要寫這個故事呢？他在歸園田居成為古代著名隱士之前，曾在北府兵任職參軍，也曾任彭澤縣令。或許是有感於戰爭的殘酷、官場的險惡，所以才嚮往有個世外桃源吧。後來東晉覆亡，當然又更讓他不想面臨改朝換代的亡國之悲。如果，能到一個「不知有漢，無論魏晉」的地方隱居，該有多好？

那為什麼是「晉太元中」呢？回想起來，那時他才二十歲左右，遭逢父喪，或許從那時開始，他就想逃離這個世界了。

陶淵明寫〈桃花源記〉時還有附上一首詩，我們一起念念：

嬴氏亂天紀，賢者避其世。黃綺之商山，伊人亦云逝。
往迹浸復湮，來逕遂蕪廢。相命肆農耕，日入從所憩。
桑竹垂餘蔭，菽稷隨時藝。春蠶收長絲，秋熟靡王稅。
荒路曖交通，雞犬互鳴吠。俎豆猶古法，衣裳無新製。
童孺縱行歌，斑白歡遊詣。草榮識節和，木衰知風厲。
雖無紀歷誌，四時自成歲。怡然有餘樂，于何勞智慧。
奇蹤隱五百，一朝敞神界。淳薄既異源，旋復還幽蔽。
借問游方士，焉測塵囂外。願言躡輕風，高舉尋吾契。

嬴氏即秦始皇嬴政，黃綺指漢初隱士商山四皓。他說有人在這裡遵從古法，隱居了五百年，小孩盡情唱歌，老人歡喜聊天，我也想乘風歸去，尋找投契的知己。

詩詞

古風五十九首（其三十一） 唐・李白

鄭客西入關，行行未能已，白馬華山君，相逢平原里，
璧遺鎬池君，明年祖龍死。秦人相謂曰：吾屬可去矣！
一往桃花源，千春隔流水。

李白很喜歡掉書袋講古，這首詩就引用了《史記》及《漢書》，幫陶淵明補充了桃花源那些遺世獨立的嬉皮為何五百年前要逃難。

據說當年有位鄭先生，在華山遇見一位身騎白馬的人交給他一塊玉璧：「請拿給鎬池君，明年祖龍就要死了。」鎬池君即水君，按照「五德終始說」，秦國屬水德，因此水君即秦君，祖龍即秦始皇。當時人聽到秦始皇將死，天下必將大亂，所以說快逃啊，逃到桃花源住上一千年。

贈從弟南平太守之遙二首（其二） 唐・李白

東平與南平，今古兩步兵。素心愛美酒，不是顧專城。
謫官桃源去，尋花幾處行。秦人如舊識，出戶笑相迎。

因為〈桃花源記〉，武陵從此變成愛與和平的地方。李白的堂弟南平太守李之遙因飲酒過度而貶官武陵，李白寫這首詩安慰他，但是想讀懂李白的詩，真是少讀點書都不行。

曹魏時期的大才子阮籍也嗜酒，曾官拜東平相，他聽說步兵校尉的廚房中有美酒數百罈，其它什麼大官都不想當，只求改任步兵校尉，所以後人稱他為「阮步兵」。李白說，東平南平你們是好兄弟，古今兩個愛美酒的步兵，才不想當什麼專城太守呢！現在你去了武陵，別忘了去找桃花源喔，居住在那裡的秦人一定很歡迎你。

桃源行　唐．王維

漁舟逐水愛山春，兩岸桃花夾去津。坐看紅樹不知遠，行盡青溪不見人。
山口潛行始隈隩，山開曠望旋平陸。遙看一處攢雲樹，近入千家散花竹。
樵客初傳漢姓名，居人未改秦衣服。居人共住武陵源，還從物外起田園。
月明松下房櫳靜，日出雲中雞犬喧。驚聞俗客爭來集，競引還家問都邑。
平明閭巷掃花開，薄暮漁樵乘水入。初因避地去人間，及至成仙遂不還。
峽裡誰知有人事，世中遙望空雲山。不疑靈境難聞見，塵心未盡思鄉縣。
出洞無論隔山水，辭家終擬長游衍。自謂經過舊不迷，安知峰壑今來變。
當時只記入山深，青溪幾度到雲林。春來遍是桃花水，不辨仙源何處尋。

桃花源這個故事ＩＰ太有名了，後世詩人爭相改寫，反正不用付版稅給陶淵明。清人王士禛說，〈桃源行〉點閱率最高的三篇作者是王維、韓愈和王安石，但後兩人寫得面赤耳熱，太勉強了，不如王維寫起來「多少自在」，也就是寫得行雲流水。王維基本上是照著〈桃花源記〉改寫，沒有參雜個人意見，然後不依陶淵明的五言詩格式，反而寫成唐朝才成熟的七言詩，這就是他的創新了。

不過韓愈、王安石要是知道他們輸給王維十九歲時寫的詩，應該又會面赤耳熱吧！

和陶桃花源　宋．蘇軾

凡聖無異居，清濁共此世。心閑偶自見，念起忽已逝。
欲知真一處，要使六用廢。桃源信不遠，杖藜可小憩。
躬耕任地力，絕學抱天藝。臂雞有時鳴，尻駕無可稅。
苓龜亦晨吸，杞狗或夜吠。耘樵得甘芳，齕齧謝炮製。
子驥雖形隔，淵明已心詣。高山不難越，淺水何足厲。
不如我仇池，高舉復幾歲。從來一生死，近又等癡慧。
蒲澗安期境，羅浮稚川界。夢往從之遊，神交發吾蔽。
桃花滿庭下，流水在戶外。卻笑逃秦人，有畏非真契。

蘇軾是陶淵明的鐵粉，弟弟蘇轍為蘇軾寫的墓誌銘特別說了蘇軾「晚喜陶淵明，追和之者幾遍，凡四卷」，幾乎追和了陶淵明所有的詩。而且大家可以對照一下陶詩，蘇軾是「次韻」，也就是用一模一樣的韻腳喔，可見蘇軾晚年應該挺閒的。

詩前也有一篇引文，蘇軾說後來很多人都認為桃花源那些人是秦朝活到晉朝的仙人，這是無稽之談，仙人哪會殺雞？一定只是秦人的後代子孫。聽說南陽那個地方的居民每天喝菊水、吃枸杞和苓龜，因此都可以活到一百二十歲，桃源人應該類似這種長壽族。

有一天蘇軾夢到了「仇池」，那是一個桃花流水的人間仙境啊，不知道這是什麼好預兆？他朋友說，杜甫詩云「萬古仇池穴，潛通小有天」，你夢到一個洞天福地了。另個朋友說他出差時去過仇池，那是一個群山環繞、可以避世的好地方，就跟桃花源一樣。

蘇軾這個說法很有趣，原來他不認為陶淵明是寫一篇虛構小說，而是當成紀實散文啊！不過大家如果考試考到這題，就看你要不要相信最愛陶淵明的蘇軾了。

惆悵詩十二首（其十） 唐・王渙

晨肇重來路已迷，碧桃花謝武陵溪。
仙山目斷無尋處，流水潺湲日漸西。

這首詩將兩個不同的故事混為一談了。劉晨、阮肇重回天台山，已經找不到仙女，不過他們是在剡溪迷路，陶淵明筆下的漁夫才是在武陵遇桃花林。但兩個故事有相通之處：晨、肇和漁夫從此見不到仙女和秦人後裔，只有溪水仍日夜潺湲，所以詩題才說令人惆悵。這種莫名其妙將兩個故事交疊在一起的寫作方法（《復仇者聯盟》的先驅？）也影響了宋朝人。

點絳脣 宋・秦觀

（桃源）

醉漾輕舟，信流引到花深處。塵緣相誤，無計花間住。

煙水茫茫，千里斜陽暮。山無數，亂紅如雨，不記來時路。

清人馮煦說晏幾道和秦觀，都是「真・古之傷心人」，他們的詞「淡語皆有味，淺語皆有致」，這個評語說得太貼切了，他們的每一句詞都能讓人傷心。

詞牌下加上「桃源」，說明這是從〈桃花源記〉而來，但卻不像王維將故事翻寫成一首詩，秦觀只是借用〈桃花源記〉的概念。〈桃花源記〉開頭說「武陵人，捕魚為業，緣溪行，忘路之遠近。忽逢桃花林」，但是秦觀可不是為了捕魚，他已經醉了，在溪上蕩漾漂流，漂流到了花叢深處。前兩句就是傷心人了，既然是「桃源」，而且又是醉眼，以後應該回不來了？接著說因為塵緣未了，所以必須返家，這就像劉晨、阮肇的心情了。

「煙水」、「茫茫」，「千里」、「斜陽」、「暮」，秦觀怎麼那麼會寫，五個詞，每一個都虛無縹緲，每一句都那麼絕望，這次再見，從此不見。「亂紅如雨」，這是照抄晚唐李賀〈將進酒〉「桃花亂落如紅雨」，桃花落英繽紛的美景只如滴滴血淚。「不記來時路」，一切都回不去了，只如一場夢境，不是所有的夢都像蘇軾一樣是好夢。

五

東山再起：老大就是矯情

關鍵詞【#謝安、#謝玄、#王謝、#東山、#烏衣巷、#西州、淝水之戰】

故事

東晉面臨亡國危機的淝水之戰前，謝安在做什麼？沒事，遊山玩水囉。

據說少年謝安（字安石）就才華洋溢，有次他去拜訪會稽王司馬昱府中的名士王濛，兩人清談良久。王濛在客人走後對兒子說：「此客亹亹（ㄨㄟˇ，勤奮不倦），為來逼人。」也就是謝安是個「比你聰明、還比你認真的人」，不知道要逼死誰。

隨著謝安才名遠播，朝廷幾度徵召他當官，他卻是一直在會稽附近的東山隱居，而且隱居時的作為，又再讓他的名氣加添一層傳說色彩。

例如有次他和朋友乘舟出遊，突然間風起浪湧，朋友都嚇到說不出話。機會來了，要在朋友之間當老大，就絕對不能慌。

船夫看著謝安仍然神色自若的吟嘯唱歌，也就繼續往湖心划去，直到小浪轉中浪，中浪轉大浪，謝安才終於說：「該回家了。」當然船夫也安全地將大家載回岸邊。後世蘇東坡有次猝然遇到暴雨，我覺得他的反應是學謝安的：「莫聽穿林打葉聲，何妨吟嘯且徐行。竹杖芒鞋輕勝馬，誰怕，一蓑煙雨任平生。」

這個故事的重點是謝安很懂天文地理，所以別人害怕翻船時，他才可以這麼鎮定嗎？不是的，這是說謝安能壓抑自己心中的真實情緒，也就是「矯情」，表面上裝出毫不在乎的樣子，這樣船夫和朋友才可以安心：最聰明的人都不擔心了，你們擔心什麼呢？除了玩水，他也遊山，而且還常攜手歌妓同遊。這件事傳到時任丞相的司馬昱耳中，他說：「安石既與人同樂，必不得不與人同憂，召之必至。」既然他喜歡與人同甘，當大難來臨，為了他的快樂夥伴著想，他也必須與人共苦，到時再徵召他吧。

但是大家已經迫不及待了，江湖上大家都在問，謝安高臥東山，「安石不肯出，將如蒼生何？」謝安不出山，蒼生百姓該怎麼辦啊？一個隱士的聲望，超越當時所有政治明星，社稷蒼生的希望都寄託在他身上了。

據說謝安在東山的居所常常貴客盈門，夫人有天也跟謝安說笑：「大丈夫也該學學他們吧？」謝安像北海小英雄小威一樣摸摸鼻子說：「恐怕、難免、遲早會變成他們那樣吧。」看看謝安多有自信，別人是汲汲營營想當官，他卻認為那是遲早的事，就看自己想不想了。

四十歲時，謝安終於東山再起，除了關心社稷蒼生，家族也需要他出仕，維持家族在朝廷中的勢力。他先是短暫在手握荊州重兵的南郡公桓溫幕府任職，其後任吳興太守、並入朝任侍中。不過此時桓溫權勢薰天，竟然廢除當時皇帝司馬奕，改立司馬昱為帝，即後世所稱晉簡文帝。一年後，司馬昱病危，原本桓溫希望遺詔由他輔政，實際上等於是禪讓帝位給他。不過遺詔在謝安和另一大臣王坦之的堅持下，總算沒有如桓溫所願。

謝氏、王氏雖然是當時名門望族，但他們怎敢與桓溫爭鋒？桓溫隨後自荊州帶兵入朝，傳言便是為了誅殺謝、王。朝廷命謝、王至新亭迎接桓溫時，謝安知道「晉祚存亡，在此一行」，如果不能說服桓溫退兵，那就要改朝換代了。

謝安憑什麼說服桓溫？除了他對天下大勢的真知灼見之外，靠的還是矯情。謝安和王坦之本來在江湖上齊名，但這次謝安又贏了：王坦之迎接桓溫時緊張得汗流浹背、倒執手版，相較之下，謝安則從容入座，談笑風生，甚至明說了：「諸侯理應在邊疆守衛國家，為何會在牆壁後暗藏殺手呢？」

桓溫一聽也笑了，矯情這招真是有用，明知他只要一聲令下，這裡沒人可以活著出門，竟然還這麼鎮定，果然是個人才啊！後來桓溫就回荊州了，或許他也知道就算成功奪權，在朝廷中沒有聚居在烏衣巷的王、謝家族支持，政權終究也難以穩固。

幾個月後桓溫過世，謝安終於可以全心輔佐新即位的晉孝武帝司馬曜，適才適所安排、提拔各地文官武將。然後，迎來了晉太元中。

北方大軍壓境，謝安官拜開府儀同三司、封建昌縣公、加征討大都督。弟弟謝石、姪子謝玄領北府兵出征前，照三餐問謝安有何計策？謝老大卻整天都不回答，只叫謝玄陪他下一盤圍棋，賭注是謝玄的別墅。謝安雖然才智過人，但平日棋力卻不如謝玄。不過這時出征在即，謝玄無法靜下心來下棋，當然就輸給了謝安。謝安笑笑跟外甥羊曇說：「小玄的這幢別墅送給你了。」這就是著名的「圍棋賭墅」故事。謝安趁人之危贏了一幢別墅，當然不是因為偏心外甥，而是在謝玄出征前，先示範一次矯情的力量。棋盤如戰場，身為戰場指揮官，如果不能克制自己的心情，士兵怎麼會有信心打仗？隔天一早，謝安又遊山玩水了一天，才叫來謝石和謝玄，傳授戰略計謀。

謝安可能在棋盤上難得贏一次謝玄，下棋下出興致了，有客人來就拉著人下棋。這時戰場前線快馬加鞭的驛書傳來，謝安竟然等到下完棋才拆開信封，看了一眼就收回去。這時許多人都聽說有驛書到，大批王公子孫擠滿烏衣巷，都想知道戰況如何。

謝安看看觀眾已經夠多了（？）才站起來平靜地說，「小兒輩，遂已破賊。」我猜他這次又因為矯情大絕招，贏了這盤圍棋吧，畢竟這時誰還有心情下棋啊？不過謝安演戲真的是演全套，他緩緩走回房內時踢到門檻，腳下木屐的屐齒折斷了一根——但是他沒跌倒，仍然鎮定的繼續走回房間——這個傳說不太可信，屐齒折斷不可能好好走路吧！

史書上記載這段折屐故事時評論：「其矯情鎮物如此。」不過謝老大這次矯情不是為了乘船旅遊，不是為了個人性命，而是為了晉國蒼生百姓，「安石不肯出，將如蒼生何？」他好好示範了一次矯情救國。

接下來幾年，北伐戰事不斷，謝安雖然常常想由東海回東山隱居，卻是身不由己。有一天從廣陵回到京城，經過西州門時有感而發：「我已經代替桓溫執政十六年，這次一病，應該回天乏術了。」

沒多久謝安過世。外甥羊曇聽說這件事後，從此不經過西州門。不過有次他喝醉了，沿路唱著歌，唱著唱著，才聽到身邊的人說這裡是西州門。羊曇慟哭不已，誦了曹植的詩：「生存華屋處，零落歸山丘。」即使生前有豐功偉業、又居住豪宅，死後不免長埋山丘之下。

東山再起的謝安，雖然用他一輩子的學問識見，改變了天下大勢，但如果不是為了國家興亡、為了家族榮耀，誰又願意讓東山的隱居生活，成為往後永遠回不去的夢土呢？就如那回不去的桃花源。

※本篇故事參考《晉書．謝安傳》及《世說新語》

詩詞

金陵五題：烏衣巷　唐・劉禹錫

朱雀橋邊野草花，烏衣巷口夕陽斜。
舊時王謝堂前燕，飛入尋常百姓家。

謝安過世後，其所屬的陳郡謝氏、王羲之所屬的琅邪王氏、王坦之所屬的太原王氏等王、謝家族，仍然是晉國的中流砥柱。不過，就像人死後只能埋於山丘黃土，國亡後也只留廢墟遺址。

想起我家小孩四歲時，要我說個故事給她聽。我說好，從前從前，有一戶人家姓王，有一戶人家姓謝，他們的房子很大很豪華，因為他們家族有很多厲害的人，有些人很有才華，有些人當大將軍。不過因為戰爭，他們兩家族的人都慢慢離開了。後來的人如果要去看他們的大房子，要先經過朱雀橋，那裡因為沒人整理，所以長滿了野草，花花綠綠的。再往前走，就到了烏衣巷，巷口剛好可以看見夕陽。然後就可以看到他們以前住的房子，不過現在住的都是一般人了，唯一不變的，只有每年回來築巢的燕子。

小孩說，這故事雖然很短，但是好好聽，再說一次。好，我們四句就可以說完。

憶東山二首　唐．李白

不向東山久，薔薇幾度花。白雲還自散，明月落誰家？

我今攜謝妓，長嘯絕人群。欲報東山客，開關掃白雲。

李白四十歲之後，終於得償宿願入朝當官，本以為可以大展鴻圖，但卻與朝中官員格格不入，因此無法獲得玄宗重用。那他還留在朝庭中做什麼呢？難道只為了等玄宗興致一來，召他為楊貴妃寫幾首詩嗎？

他難免會想，離開家鄉幾年了呢？我可是謝安再世啊，既然在皇宮中受到冷落，不如回去東山隱居吧！傳說謝安在東山建了一座白雲堂、一座明月堂，堂旁還種滿了薔薇，真想像謝安攜手歌妓，回去我的東山與明月白雲相伴，從此離開市塵。

梁園吟　唐．李白

我浮黃河去京闕，掛席欲進波連山。天長水闊厭遠涉，訪古始及平臺間。
平臺為客憂思多，對酒遂作梁園歌。卻憶蓬池阮公詠，因吟淥水揚洪波。
洪波浩蕩迷舊國，路遠西歸安可得！人生達命豈暇愁，且飲美酒登高樓。
平頭奴子搖大扇，五月不熱疑清秋。玉盤楊梅為君設，吳鹽如花皎白雪。
持鹽把酒但飲之，莫學夷齊事高潔。昔人豪貴信陵君，今人耕種信陵墳。
荒城虛照碧山月，古木盡入蒼梧雲。梁王宮闕今安在？枚馬先歸不相待。
舞影歌聲散淥池，空餘汴水東流海。沉吟此事淚滿衣，黃金買醉未能歸。
連呼五白行六博，分曹賭酒酣馳暉。歌且謠，意方遠，
東山高臥時起來，欲濟蒼生未應晚。

李白在宮中不到兩年時間，因被朝中官員排擠，玄宗也知道李白在宮中難有作為，只好給他一筆資遣費，這就是著名的「賜金放還」。

李白的職涯路徑跟謝安剛好相反：謝安想在東山隱居而不可得，只好為了天下蒼生而出仕；李白想要輔佐皇帝「使寰區大定，海縣清一」，天下太平之後再歸隱，但這時被迫回到江湖之上隱居。

李白離開京城後，到了漢朝梁孝王（司馬相如曾追隨的那位）所建的梁園遊玩，因此寫下本詩述懷。天長、水闊、厭遠涉，看他一開頭寫得腳下如有千斤重，這不是因為收了太多皇帝的黃金，而是心情太苦悶。他喝著酒，想起了三國魏阮籍也曾唱著寂寞的歌：「淥水揚洪波，曠野莽茫茫。」這個景象跟他眼前的風景是不是很類似？但更重要的是阮籍接下來又說：「羈旅無儔匹，俛仰懷哀傷。小人計其功，君子道其常。」他現在只是離開朝廷的布衣旅人，不能像小人一樣斤斤計較得失，君子有君子該做的事。那是什麼事呢？沒錯，當然是喝酒。李白可不習慣在人前消沉，哪有閒工夫哀愁呢？這時就應登高樓、飲美酒！他一邊吃著楊梅，一邊想起了更多此地名傳千古的人：殷商末年的伯夷叔齊，恥食周粟，隱居首陽山中采薇而食，後來死了；魏國公子信陵君、梁孝王及才子枚乘、司馬相如也都死了，唯一不變的只有這條不息的汴水。我李白今天也來到裡，最終難免一死，真想哭啊！手上的黃金還很多，除了買醉，還夠他跟酒肆朋友賭博呢！

唱歌吧，即使是悲歌，但他相信，總有一天會像高臥東山的謝安一樣，被請出山實現他救濟蒼生的宏願。

且不管李白的雄心壯志，有次同事分享了一大盤自家種的楊梅，一嚐，又苦又酸。想起李白這首詩說「玉盤楊梅為君設，吳鹽如花皎白雪」，沾了鹽再吃：甜美多汁，大家切記切記。雖然我每次講李白的詩都會講到生氣，他這個書呆子實在太愛用典故了，不過讀這首詩還是很實用的。

登金陵冶城西北謝安墩　唐・李白

（此墩即晉太傅謝安與右軍王羲之同登，超然有高世之志。余將營園其上，故作是詩也。）

晉室昔橫潰，永嘉遂南奔。沙塵何茫茫，龍虎鬬朝昏。
胡馬風漢草，天驕蹙中原。哲匠感頹運，雲鵬忽飛翻。
組練照楚國，旌旗連海門。西秦百萬衆，戈甲如雲屯。
投鞭可填江，一掃不足論。皇運有返正，醜虜無遺魂。
談笑遏橫流，蒼生望斯存。冶城訪古跡，猶有謝安墩。
憑覽周地險，高標絕人喧。想像東山姿，緬懷右軍言。
梧桐識嘉樹，蕙草留芳根。白鷺暎春洲，青龍見朝暾。
地古雲物在，臺傾禾黍繁。我來酌清波，於此樹名園。
功成拂衣去，歸入武陵源。

西晉懷帝永嘉五年，北方的劉聰攻入京城洛陽，殺害王公、百官及洛陽百姓三萬餘人，懷帝被俘，大批中原士族難逃。其後，王導輔佐琅琊王司馬睿在建康即位，是為東晉元帝。

詩序中的王羲之即是王導的姪子，李白來到金陵冶城西北，這是謝安與王羲之曾同登之地，便回想起這一段慘烈的歷史：永嘉之亂，衣冠南奔，沙塵茫茫。其後，淝水之戰，苻堅領百萬之眾，誇稱可投鞭斷流，幸好有謝安力挽狂瀾。李白也希望能如謝安建功立業，然後拂一拂衣袖，功成身退，不用像謝安一樣勞碌終身，可以完成在桃花源隱居的心願。

不過李白這麼崇拜謝安，實在是件怪事。此時唐玄宗已經登基三十餘年，李白幾乎是在玄宗治理下的太平歲月中長大，卻不斷寫詩說自己崇拜謝安，怎麼，大唐是要亡國了，需要你像謝安一樣拯救蒼生嗎？難怪李白不得朝廷重用啊。

詩末的「拂衣」，不是生氣時「拂衣而去」，而是表示瀟灑地拍一拍衣袖，這是李白的愛用字，例如「若待功成拂衣去，武陵桃花笑殺人」、「功成拂衣去，搖曳滄洲傍」皆是。謝玄的孫子謝靈運〈述祖德〉詩中也描述永嘉到太元中淝水之戰「中原昔喪亂，喪亂豈解已。崩騰永嘉末，逼迫太元始」，結語則說：「高揖七州外，拂衣五湖裡。」李白這時可能是想到謝靈運的詩，所以也用了「拂衣」，不過他想要退隱的地方不是春秋時范蠡泛舟的五湖，而是更虛無縹緲的桃花源。

「謝安墩」到了宋朝還有一則小故事。據說王安石隱居金陵時，住家就是謝安宅的遺址，宅中即有一「謝公墩」，而謝安字安石，正與王安石的名相同，因此王安石開玩笑寫了一首詩〈謝公墩〉，說現在房子已經易主，此墩不應姓謝了吧？

我名公字偶相同，我屋公墩在眼中。
公去我來墩屬我，不應墩姓尚隨公。

永王東巡歌十一首（其二）　唐．李白

三川北虜亂如麻，四海南奔似永嘉。
但用東山謝安石，為君談笑靜胡沙。

李白賜金放還十幾年後，「終於」讓他等到了天下大亂：「安史之亂」。大亂一起，迅雷不及掩耳，安史軍攻破洛陽、潼關、長安，玄宗出逃蜀地，命永王李璘鎮守江陵，太子李亨則自行登基，即後世所稱的唐肅宗。

詩中的三川指黃河、洛河、伊河一帶，此時北方強虜安史軍橫行，李白倉皇攜家南逃至廬山避難，途中只見難民絡繹於途，一如西晉永嘉之亂。

不過此時朝廷中沒有像王導、謝安一般的人物，可以讓眾人團結一心，永王李璘便招兵買馬，割據一方，始終懷抱雄心壯志的李白也加入了永王的幕府。

永王領兵東巡時，李白便寫了十一首詩，詩中自比為謝安，將廬山比為東山，他說永王既然起用了隱居中的當世謝安，我一定可以在談笑中平靜北方胡馬揚起的塵沙。

李白雖然書讀得多，但毫無戰場經驗，除了寫寫詩之外，大概也無力運籌帷幄。不久之後，肅宗調遣各方節度使征討永王，李璘兵敗被殺，李白被捕後流放夜郎（這個流放地挺適合自大狂的）。

到底是李白不自量力，還是他錯估天下形勢，才會投入永王的幕府呢？這件事後人爭論不休。蘇軾認為李白在高力士權傾天下時，都敢叫高力士幫他脫靴了，怎麼可能會主動依附權貴呢？「太白之從永王，當由迫脅」，而且李白能夠慧眼認出郭子儀是個人傑，證明他有看人的眼光；而永王「狂肆寢陋」，也就是李璘長得那麼醜，再笨的人都知道永王必敗。

朱熹說沒錯，就是李白自己太笨：「李白見永王璘反，便從臾（諛）之，文人之沒頭腦乃爾。」朱熹罵人也挺白話的。不過大家不用為李白擔心，因為我們已經知道，李白前往夜郎途中到了白帝城，喜逢肅宗大赦天下，他得以回返江陵與家人團聚，因此寫下了名作〈早發白帝城〉：

朝辭白帝彩雲間，千里江陵一日還。
兩岸猿聲啼不盡，輕舟已過萬重山。

賦得還山吟送沈四山人　唐．高適

還山吟，天高日暮寒山深，送君還山識君心。
人生老大須恣意，看君解作一生事。
山間偃仰無不至，石泉淙淙若風雨，桂花松子常滿地。
賣藥囊中應有錢，還山服藥又長年。白雲勸盡杯中物，明月相隨何處眠？
眠時憶問醒時事，夢魂可以相周旋。

唐肅宗派各地節度使領軍去討伐永王李璘時，高適就是其中一位節度使。不過因為他年近五十才考上進士，寫這首詩時還是一個小小的封丘縣縣尉。在這個低階官職上，他可是受盡了委屈，「拜迎長官心欲碎，鞭撻黎庶令人悲」，既要逢迎長官，又要壓榨百姓，因此難免會想：是不是該辭職去隱居呢？

他的好友「沈四山人」沈千運便決定至濮上隱居，高適寫了這首詩送別。他說恣意任性地生活，不受官職拘束，才是一生最該追求的事啊！在山中隱居到底有什麼好處呢？山林隨你躺臥，泉水發出如風如雨的悅耳聲響，地上滿是桂花松子，相較於官場，這簡直是人間仙境了。但是不工作要如何維生？可以像東漢隱士韓康一樣賣藥啊，這些藥留著自己吃還可以延年益壽呢！當然也可以像謝安一樣建白雲明月二堂，在山裡飲酒賞月，豈不快哉？

而且，你一定不會寂寞，在睡夢中，你可以跟清醒時的自己當朋友。高適這個想法，真是阿宅的極致典範了。

這首詩的白雲、明月，我們可以像李白的〈憶東山〉般解釋為謝安隱居的東山，不過也有人將「白雲」解釋成南朝齊陶弘景的典故，這留到下一篇再談。

別房太尉墓　唐．杜甫

他鄉復行役，駐馬別孤墳。近淚無乾土，低空有斷雲。
對棋陪謝傅，把劍覓徐君。唯見林花落，鶯啼送客聞。

房太尉即曾在肅宗年間任宰相的房琯，因觸怒肅宗而被貶職。杜甫其時難得在朝任職左拾遺，與房琯交情深厚，因上書為房琯抱不平而遭貶職華州司功參軍。

杜甫後來去職至成都營建草堂，並在劍南節度使嚴武的幕府中任節度參謀。這一年房琯已經過世兩年，死後追贈太尉。杜甫出差時經過房琯的墳墓，淚如雨下，只想跟有如謝安般的宰相再下一盤棋，但是斯人已往。杜甫又想起西漢吳季札聽說徐君很愛他的寶劍，等到吳季札有空去找徐君時，徐君卻已過世，只能將寶劍解下繫其冢樹而去。這時杜甫也見不到房琯了，只見林花凋落、黃鶯啼哭。

不過杜甫將房琯比為謝安，這是心裡對房琯的推崇，事實上是過譽了。我們已經知道謝安在軍事上最著名的功蹟是淝水之戰，而房琯最著名的戰績呢？那是一場悲劇。

安史之亂時期，宰相房琯自請領兵出戰，在陳濤斜（一名陳陶澤）遇安史軍，古書讀太多的房琯決定用「春秋戰法」，也就是以車戰為主，夾雜騎兵和步兵。這種戰法早就落伍了，安史軍佔在上風用火攻，人畜皆來不及逃竄，四萬士兵慘遭屠戮，房琯只能領著幾千人敗逃。

這場戰役杜甫也很清楚，他曾寫詩哀嘆：「孟冬十郡良家子，血作陳陶澤中水。野曠天清無戰聲，四萬義軍同日死。」可憐這些四萬士兵各個都是良家子弟啊，卻一夕之間化為血水，戰場恢復一片死寂。

不過房琯本來就不擅長行軍用兵，或許答應讓房琯領軍的皇帝更應該負責？

八聲甘州　宋・蘇軾

（寄參寥子）

有情風萬里卷潮來，無情送潮歸。問錢塘江上，西興浦口，幾度斜暉？不用思量今古，俯仰昔人非。誰似東坡老，白首忘機。

記取西湖西畔，正春山好處，空翠煙霏。算詩人相得，如我與君稀。約他年、東還海道，願謝公雅志莫相違。西州路，不應回首，為我沾衣。

水調歌頭　宋・蘇軾

（余去歲在東武，作〈水調歌頭〉以寄子由。今年子由相從彭門百餘日，過中秋而去，作此曲以別。余以其語過悲，乃為和之。其意以不早退為戒，以退而相從之樂為慰云。）

安石在東海，從事鬢驚秋。中年親友難別，絲竹緩離愁。一旦功成名遂，准擬東還海道，扶病入西州。雅志困軒冕，遺恨寄滄洲。

歲云暮，須早計，要褐裘。故鄉歸去千里，佳處輒遲留。我醉歌時君和，醉倒須君扶我，惟酒可忘憂。一任劉玄德，相對臥高樓。

蘇軾在杭州擔任知州時，有一詩僧好友參寥子，兩人時常寫詩唱和。〈八聲甘州〉即是蘇軾將離杭州，前往京城任翰林學士時寫給參寥子的詞。開篇就是名句「有情風萬里卷潮來，無情送潮歸」，看著錢塘江的潮水來去，到底是有情還是無情呢？就像他來了杭州，又要離開杭州了。蘇軾說不用為這次的別離而難過，遲早有一天我會完成謝安的雅志，乘船回到家鄉隱居，所以你經過西州門時，也不用為我流淚。

關於謝安，蘇軾很喜歡用西州門這個典故。大家都讀過蘇軾想念弟弟蘇轍（字子由）的〈水調歌頭〉「明月幾時有，把酒問青天……」一年後兄弟倆終於團聚了一百多日，離別後蘇軾又寫了這首〈水調歌頭〉「安石在東海」，希望「功成名遂」之後可以完成謝安的退隱雅志，誰知道這時經過西州門已經又老又病了呢？

回家的路真是漫長，可惜蘇軾永遠走不到家鄉。沒關係，至少他還可以喝酒忘憂，就讓劉備（字玄德）那樣的英雄豪傑嘲笑自己吧！

水龍吟　宋．辛棄疾

老來曾識淵明，夢中一見參差是。覺來幽恨，停觴不御，欲歌還止。白髮西風，折腰五斗，不應堪此。問北窗高臥，東籬自醉，應別有，歸來意。

須信此翁未死，到如今凜然生氣。吾儕心事，古今長在，高山流水。富貴他年，直饒未免，也應無味。甚東山何事，當時也道，為蒼生起。

自金國奔往南宋的辛棄疾，一輩子都想領軍北伐，但這時已經年老卻一事無成，這天夢中恍惚以為自己是陶淵明了。醒來後連酒都不想喝，想起陶淵明喜歡於夏天時「北窗下臥，遇涼風暫至，自謂是羲皇上人」，或是「採菊東籬下，悠然見南山」，隱居生活是如此輕鬆寫意。但辛棄疾也是因不為五斗米折腰而隱居嗎？

他說不是的，就算像謝安一樣既富且貴，也毫無趣味。「安石不肯出，將如蒼生何？」東山再起，為的是蒼生啊，又豈是為了富貴？

看來隱居中的辛棄疾心中滿是無奈。雖然大家都想隱居，但那是在李白「功成拂衣」、蘇軾「功成名遂」之後的事，沒人真的想學陶淵明。

六

嶺上白雲：隱居者的好朋友

關鍵字【#白雲、#臥白雲、#陶弘景】

故事

這個故事很短：南朝齊時，有一隱士陶弘景，字通明，拒絕當官，隱居於句容之句曲山。齊帝下詔問他：「山中何所有？」山中有什麼稀世珍寶，讓你寧願在山中當野人，也不願意到皇宮中任職呢？

陶弘景寫詩回答：

山中何所有？嶺上多白雲。
只可自怡悅，不堪持寄君。

他說山嶺上最多的就是白雲了，不過呢這些白雲啊，只能我獨自欣賞、獨自怡悅，倒是無法拿來寄給皇帝。因為這首詩，「白雲」從此成為隱士的象徵嗎？沒那麼單純，我們還是得認識這位隱士，才知道為何這首看來是即興之作的詩這麼特別。

據說陶弘景四歲開始讀書，十歲時得到晉朝葛洪的《神仙傳》之後，日夜研讀。這位葛洪是句容人，乃是道教大師，精通煉丹之術，小陶從此對道教養生之法產生興趣。除了道家書，他對各種學問也都認真研讀，到了「讀書萬餘卷，一事不知，以為深恥」的境界。還沒二十歲，就被引進皇宮陪諸王子讀書，這個工作當然很合他的脾胃，雖然得了一個「奉朝請」的職位，有資格參加早朝，但他主要就只是讀書而已。

書讀多了，年紀大了，加上家境貧困，他也想做點正事了，或許求個縣令還不錯？不過他什麼歷練都沒有，皇帝沒有答應。他因此在神武門脫下朝服辭官，皇帝也順勢辦了一個盛大的餞別宴，送他束帛、伏苓、白蜜等一大堆伴手禮。

陶弘景離宮後，去了句容之句曲山，這裡除了跟葛洪有淵源之外，據傳漢景帝時有茅氏三兄弟在此得道，所以也稱茅山。山中有華陽洞，他便自號「華陽隱居」，從此「遍歷名山，尋訪仙藥」。

這說也奇怪，他原本家貧，哪來的經費遍歷名山？或許是神武門辭官、公卿餞別的事蹟在民間太不尋常，也或許是他尋仙煉丹的名氣愈來愈響亮，總之他應該懂得如何將流量變現，才能將隱居處擴建成三層樓，自己住在頂樓，弟子住在二樓，賓客都只能到一樓，唯有一個家僮可以到頂樓服侍他。齊帝寫信問他「山中何所有」，應該就是他在此隱居的事情。

除了道教的養身修煉，陶弘景也懂陰陽五行。他聽說蕭衍起兵反抗齊國之後，掐指一算，算出了「水丑木」，便遣弟子送去給蕭衍，「梁」國因此成立。

陶弘景這一招真的太高明，他當然因此成為山中的國師了。不過他更聰明的一點，乃是拒絕當官，畢竟天下是梁武帝蕭衍打下來的，明哲保身之道是讓新皇帝認為自己沒有野心。蕭衍本想禮聘他當官，這次陶弘景畫了一幅圖給蕭衍，圖上倒不是畫白雲，而是畫了兩頭牛，一頭牛在水草之間優遊，一頭牛著套金籠頭，有人執繩杖牧牛。武帝看了也笑出來：「這個人只想學烏龜，不會想當官的。」後來武帝只要遇到吉凶征討之類的大事，都會寫信向他諮詢，當時人便稱陶弘景為「山中宰相」。

陶弘景在山中除了欣賞白雲，以及煉丹求成仙之道，他還特別推崇道教的上清派，而隱居的茅山也因此成為上清派的重要聖地。

為何陶弘景的山中白雲，後來這麼重要？除了後代文人仍徘徊「仕」、「隱」兩條道路的抉擇，而陶弘景是隱居這條道路上令人嚮往的人物之外，也因為道教到了唐朝仍然盛行，而且上清派茅山宗是唐朝道教的主流。例如李白二十幾歲剛離開家鄉遊歷天下時，就在天台山結識上清派茅山宗的著名道士司馬承禎，司馬承禎還稱讚他「有仙風道骨，可與神遊八極之表」，從此「仙風道骨」的形象便一直是李白最鮮明的標籤。

李白四十歲終於奉詔入宮，但是他去見皇帝之前，先到長安紫極宮見了太子賓客賀知章（「少小離家老大回」的那位），而賀老一見李白，就大讚他是「謫仙人」。為什麼李白要先去見賀知章呢？因為他們也是同道中人，從李白寫給賀知章的詩中「真訣自從茅氏得」、「狂客歸四明，山陰道士迎」可知，賀知章與茅山道士一脈相承，李白則可能多年來修道有成，賀知章才會稱他為「謫仙人」。

因此，除了宗教上的理由，我們也知道：自古以來想寫信給皇帝的文人不知凡幾，但收到皇帝來信的隱士卻寥寥無幾。很多人都像李白一樣想要功成身退，但又有幾人能像陶弘景一樣退隱之後，能夠堅持追尋心中信仰，卻又同時享譽當世？陶弘景茅山中所見的這朵白雲，真是令後世文人可望不可即啊！

當然後人詩詞中提到「白雲」，未必是有意引用這個典故，但是在讀者心中，白雲也從此不是那麼單純的白雲了，就像下一篇的白鷗一樣。

※本篇故事參考《南史．隱逸傳》、《梁書．處士傳》

詩詞

秋登萬山寄張五　唐．孟浩然

北山白雲裡，隱者自怡悅。相望始登高，心隨雁飛滅。
愁因薄暮起，興是清秋發。時見歸村人，平沙渡頭歇。
天邊樹若薺，江畔洲如月。何當載酒來，共醉重陽節。

張五即張子容，此時已經赴京城考上進士並踏上仕途。孟浩然則仍隱居於襄陽，萬山在襄陽之北，故首句從登「北山」說起，並直接引用陶弘景所言「嶺上多白雲，只可自怡悅」。孟浩然登北山而望著更北方的京城，想念著好友。但隱居畢竟是他的選擇，於是他的視線從天上回到人間，看著歸家的村人、看著遠方的風景，想著：何時好友也會帶著酒回家，跟我一起在重陽節飲菊花酒呢？

這是一個隱士對官場好友返家的呼喚，不過我們知道，後來反而是孟浩然也想投身官場，只是一直不順利就是了。

駕去溫泉後贈楊山人　唐．李白

少年落魄楚漢間，風塵蕭瑟多苦顏。自言管葛竟誰許，長吁莫錯還閉關。
一朝君王垂拂拭，剖心輸丹雪胸臆。忽蒙白日回景光，直上青雲生羽翼。
幸陪鸞輦出鴻都，身騎飛龍天馬駒。王公大人借顏色，金璋紫綬來相趨。
當時結交何紛紛，片言道合惟有君。待吾盡節報明主，然後相攜臥白雲。

李白擔任翰林供奉時，遇見一位楊姓的隱士，寫下這首詩說明自己的志向。他說自己年少時空有管仲、諸葛亮的才能，卻是落魄江湖。有朝一日得到君王的賞識入宮，玄宗對他禮遇有加，讓他騎著宮中的「飛龍馬」陪皇帝出遊。這件事李白津津樂道，他在另一首詩中也說「朝天數換飛龍馬，敕賜珊瑚白玉鞭」，連馬鞭都尊貴不凡。想當然耳，這時王公大人紛紛來結交這位皇帝跟前的當紅文人。

但是呢，李白卻認為只跟這位楊先生說話投機，他跟楊先生說：「等我盡了自己的責任，功成身退之後，再跟你攜手隱居，躺臥在山裡的白雲之中。」

既然李白自詡為管仲、諸葛亮，總要先有一番成就，才能證明自己的才能吧？他在本質上是個道士，卻又放不開儒家對世俗的執著，難怪在皇宮中這麼寂寞了。

白雲歌送劉十六歸山　唐・李白

楚山秦山皆白雲，白雲處處長隨君。
長隨君，君入楚山裡，雲亦隨君渡湘水。
湘水上，女蘿衣，白雲堪臥君早歸。

這時李白還在宮中，但他愈來愈想念山中的白雲了。京城在秦地，這次他送一位劉先生歸隱至南方楚地的湘水。白雲不染人間塵埃，李白說，不論秦山或楚山，只要有你在的地方，就有純淨的白雲跟著你。看那穿著女蘿衣的山鬼，也等著潔身自好的人歸來。

女蘿衣的典故來自屈原〈九歌・山鬼〉：「若有人兮山之阿，被薜荔兮帶女蘿。」在這首圓融流轉、頂真連發的送別歌中，李白還是借用了兩個典故，真是博學。不過我更喜歡李白不只是看雲，而且能臥雲，難怪是「詩仙」，凡人學不來。

送別　唐・王維

下馬飲君酒，問君何所之？
君言不得意，歸臥南山陲。
但去莫復問，白雲無盡時。

王維也來送人歸隱，但同樣地，大家都是「不得意」時才想歸隱。陶弘景和李白都是因為官職太卑微，無法施展抱負而辭官，那這位王維的朋友呢？他說不要問，很恐怖，只要知道南山中有看不盡的白雲就好了。最後兩句跟李白的〈山中問答〉異曲同工，可以參照：

問余何意棲碧山，笑而不答心自閒。
桃花流水窅然去，別有天地非人間。

終南別業　唐．王維

中歲頗好道，晚家南山陲。興來每獨往，勝事空自知。
行到水窮處，坐看雲起時。偶然值林叟，談笑無還期。

南山即長安城南的終南山，王維在此蓋了一幢別墅，過著半官半隱的生活，有事便入宮辦公，無事便在此優遊。他獨自一人在山中有什麼美妙的勝事呢？他最喜歡溯溪到山林深處，然後看著白雲從山谷中升起，「行到水窮處，坐看雲起時」這是此詩的名句，真心喜愛登山的人才說得出來。

不過他不像李白會故作高深孤僻，王維在山林中遇到老人，還談笑到不想回家呢！

宿王昌齡隱居　唐．常建

清溪深不測，隱處唯孤雲。松際露微月，清光猶為君。

茅亭宿花影，藥院滋苔紋。余亦謝時去，西山鸞鶴群。

常建與王昌齡同在唐玄宗開元年間進士及第，後來辭官歸隱的常建，在王昌齡當官前的房子住了一晚，寫下此詩。陶弘景後來蓋了三層樓的大房子，房子大了，白雲或許也比較多？所以他說「嶺上多白雲」。相較之下王昌齡這個在溪畔的窮酸小房子，卻只有一片孤雲，好可憐。幸好，月光仍然在松間灑下清光，屋旁仍有花園和藥欄，只是房子久無人居，已經長滿清苔。常建最後說，我也要歸隱了，要去一個傳說中有仙鸞仙鶴的西山，這就偏向道教求仙的思想了。這裡說「亦」有點奇怪，因為王昌齡仍在當官，或許常建是希望王昌齡此時也辭官歸隱吧。

王昌齡當官後，始終沉淪於低階官職，這位能在「秦時明月漢時關，萬里長征人未還」兩句詩中便寫盡千年萬里的詩人，眼界想必非常壯闊，也想必在仕途上非常委屈吧？如果他能聽常建的勸告，盡早辭官，或許他的人生會更明亮一些。

臨江仙 宋．辛棄疾

（停雲偶作）

偶向停雲堂上坐，曉猿夜鶴驚猜。主人何事太塵埃。低頭還說向，被召又重來。

多謝北山山下老，殷勤一語佳哉。借君竹杖與芒鞋。徑須從此去，深入白雲堆。

辛棄疾不獲南宋朝廷重用，只得在瓢泉隱居，居所旁建有停雲堂，名稱取自陶淵明的〈停雲〉詩「靄靄停雲，濛濛時雨」。這天辛棄疾在停雲堂上閒坐時，可能幻聽發作，聽見猿鶴從拂曉到深夜都在向他抱怨：「你為什麼在布滿塵埃的官場中那麼久才回來呢？」辛棄疾聽了很慚愧，低著頭說，「幸好我聽見你們呼喚我回來的聲音了。」

詞下片的「北山」不同於孟浩然是實寫，猿鶴和北山的典故都來自南朝孔稚珪〈北山移文〉，該文是諷刺當官者汲汲於功名，根本無意歸隱。辛棄疾則用以自嘲，感謝這裡的父老殷勤勸我在此居住。

「竹杖與芒鞋」的形象取自蘇軾，他常形容自己「芒鞋青竹杖，自掛百錢游」、「竹杖芒鞋輕勝馬」。另外，蘇軾也寫過一首〈臨江仙〉，下片說：「長恨此身非我有，何時忘卻營營？夜闌風靜縠紋平。小舟從此逝，江海寄餘生。」意即此時應該遠離官場，餘生只應泛舟歸隱。辛棄疾的說法與蘇軾暗合，我要借你的竹杖與芒鞋，遠離塵埃，進入純潔的白雲深處了。

不得意時，無論貴賤，白雲都是大家的好朋友。

七

鷗鳥忘機：
從此白鷗不再是白鷗

關鍵字【#白鷗、#鷗鷺、#忘機】

故事

看過金庸《笑傲江湖》的讀者，一定記得武當派掌門人沖虛道長，他使出太極劍法大戰令狐沖的獨孤九劍真是經典名場面。

武當派是道教，掌門人的名字則來自道教經典《沖虛經》——這部經典有另一個大家比較熟悉的名字：《列子》。

據《列子．黃帝篇》載，有位住在海邊的人很喜歡跟漚（通鷗）鳥玩耍，而且很神奇，每天早晨他到海邊，常常會有一百多隻海鷗圍繞著跟他一起玩。當時大概沒有禽流感吧，他的父親不僅沒有阻止他，甚至也想加入海鷗玩耍團。不過父親被海鷗團排擠，他一出現，海鷗就遠走高飛了。

只是父親已經燃起一腔玩興了，當然不會善罷干休，他跟兒子說：「既然海鷗這麼喜歡你，你明天想辦法抓兩隻回來讓我玩！」

兒子隔天早上又到海邊，但事情更神奇了，原本都會主動親近他的那一百多隻海鷗，竟然全部都在高空盤旋飛舞，一隻都沒有飛下來。

這個故事很簡短，後人大多這樣詮釋：所以啊，如果你費盡心機、心懷不軌，海鷗雖然不會說話，但是海鷗可是看得清清楚楚。只有你拋開一切心機，才可以在大自然中跟海鷗一起遨遊。這種想法也符合《道德經》所說：「聖人處無為之事，行不言之教」，「絕聖棄智，民利百倍」，也就是不要自作聰明、不要強求。

但是海鷗真的能看懂人類的心機嗎？或許可以喔，這聽起來像是一個動物溝通師的故事：兒子到了海邊，立即在心中對海鷗大喊，你們不要下來！我爸爸要我來抓你們了，我不敢違抗我爸的命令，所以你們都不要下來啊！

這樣應該比較合理吧？

也或許毫無心機、內心純淨的人，才可以當個好的動物溝通師。所以能跟動物和睦相處的人，可以好好抱著貓、抱著狗和海鷗的人，應該比較值得信賴。

這個故事後世文人愛極，而且他們很堅持：晶瑩剔透、毫無心機的海鷗，一定是白色的，就跟白雲一樣純淨。

詩詞

積雨輞川莊作　唐．王維

積雨空林煙火遲，蒸藜炊黍餉東菑。漠漠水田飛白鷺，陰陰夏木囀黃鸝。
山中習靜觀朝槿，松下清齋折露葵。野老與人爭席罷，海鷗何事更相疑？

史書上說晚年的「詩佛」王維每天從皇宮退朝之後，就回家焚香誦經，而且他妻亡後不再娶，三十年孤居一室。

這樣的生活似乎很寂寞？其實不會的，看這首詩就知道，他和鄰居相處融洽，比在皇宮中還開心。下雨過後，農家炊煙裊裊，蒸好飯送到東邊的農田（菑，ㄗ，田地）。水田上有白鷺翩飛，樹陰下有黃鸝鳥囀。

而他自己的日常生活，則是看著朝開夕落的朝槿花習靜修禪，肚子餓了就摘點露葵吃素齋。雖然還有官職在身，但他就像個鄉間野老，還會跟人爭搶座次喔，海鷗就不用懷疑我包藏了什麼心機吧？

「海鷗」用《列子》的典故，「爭席」則典出《莊子．雜篇．寓言》。據說楊朱在向老子學道之前，一臉睢睢盱盱（ㄙㄨㄟ ㄙㄨㄟ ㄒㄩ ㄒㄩ，傲慢、橫暴），旅舍中人都避席躲著他；楊朱學道之後回到旅舍，整個人氣質改變，變得隨和謙虛了，大家還會跟他爭搶座位呢。

這首詩的名句是「漠漠水田飛白鷺，陰陰夏木囀黃鸝」，歷代文人都稱讚疊字讓這兩句更生動；少了疊字，就只是單純描寫眼前景色而已。大家自行體會一下。

大家也可以算算，王維在詩中寫了幾種植物和鳥？果然是山水田園詩人。

江上吟　唐．李白

木蘭之枻沙棠舟，玉簫金管坐兩頭。美酒尊中置千斛，載妓隨波任去留。
仙人有待乘黃鶴，海客無心隨白鷗。屈平詞賦懸日月，楚王臺榭空山丘。
興酣落筆搖五嶽，詩成笑傲凌滄洲。功名富貴若長在，漢水亦應西北流。

這首詩極有李白浪漫誇張的特色。

李白即使是描寫泛舟，也絕不會顯露窮酸氣。你看他的舟是木蘭枻（ㄧˋ，槳）沙棠舟，都是名貴木材雕製而成，音樂則由「玉」簫「金」管演奏。酒不是三杯兩盞淡酒，而是千斛美酒，並如謝安攜手歌妓，在江上笑傲遨遊。這裡引用了東晉寫過多首「遊仙詩」的郭璞寫的〈沙棠〉：「安得沙棠，製為龍舟，泛彼滄海，眇然遐遊，聊以逍遙，任波去留。」情、景、用字類似，大家一併念念。

我們的謫仙人想成仙，還必須等待黃鶴接引，才能飛向西天；不如先當一名毫無心機的海客，現在就能與白鷗相隨。功名富貴都是短暫的，就像漢水只能流向東南，不可能西北流。你看屈平（即屈原）雖不得楚王賞識，但他的詞賦如日月長存，楚王的宮殿如今卻已成荒廢山丘。而我李白的文筆啊也厲害得很，落筆詩成，可以「搖五嶽」、「凌滄洲」，簡直驚天動地了。

當時的文人真愛用誇飾法啊，「四明狂客」賀知章見到李白時不僅說他是「謫仙人」，還說李白的詩可以「泣鬼神」，一個比一個還誇張。李白的頭號粉絲杜甫借用賀知章的說法，再更進一步：「昔年有狂客，號爾謫仙人。筆落驚風雨，詩成泣鬼神。」好的，大家都要跟杜甫學學怎麼跟偶像表白。

至於李白詩中跟白鷗對比的黃鶴，我們下一篇再細說。

江村 唐·杜甫

清江一曲抱村流，長夏江村事事幽。自去自來梁上燕，相親相近水中鷗。

老妻畫紙為棋局，稚子敲針作釣鉤。但有故人供祿米，微軀此外更何求？

安史之亂後，杜甫曾短暫在朝廷任職左拾遺，後來被貶為華州司功參軍。只是這個新職官小事繁，「束帶發狂欲大叫，簿書何急來相仍」，所以帶著全家人棄官流浪。此時各地戰火頻仍，他們挨過了幾年貧困交加的流浪生活，才終於到了成都營建草堂，在這裡跟老妻稚子享受難得的平靜鄉村生活。

詩中也出現兩種鳥，但不像王維那般悠哉。他能跟水中鷗鳥相親相近，代表他現在遠離官場，此處不須勾心鬥角了。至於在屋中自在飛翔的燕子，就不那麼可喜了，杜甫有首〈絕句漫興〉說，草堂很狹窄啊，燕子銜泥築巢時，泥巴常常弄髒他的琴書，有時燕子在屋內捕捉飛蟲時，還會撞到人咧：「熟知茅齋絕低小，江上燕子故來頻。銜泥點污琴書內，更接飛蟲打著人。」

末聯說「但有故人供祿米」，意思是杜甫在此地的生活全靠節度使嚴武接濟，這句有另個版本寫「多病所須唯藥物」，總之就是他此時又老又病了，雖說「更何求」，其實是一生不得志，心中仍有所求吧。

客至　唐．杜甫

舍南舍北皆春水，但見群鷗日日來。花徑不曾緣客掃，蓬門今始為君開。
盤飧市遠無兼味，樽酒家貧只舊醅。肯與鄰翁相對飲，隔籬呼取盡餘杯。

杜甫這位佳人在水一方，只有群鷗日日來陪他——意思就是沒有朋友啊！所以才說門前的小徑不曾清掃。不過今天崔明府（即縣令）來拜訪，終於打開草堂的蓬門迎客。家中沒有端得上檯面的好料，也沒有新釀好的美酒。但是無所謂的，杜甫可能心情太好，還呼喚鄰居一起飲酒；這位縣令看來不僅是懂得欣賞杜甫才華的人，而且也一點官架子都沒有。

雖然是一場開心的聚會，但讀起來總覺得杜甫很寂寞。隱居生活要像謝安那樣貴客盈門是不太可能了，只有白鷗願意理會他，這就將《列子》的典故轉進一層更深的意涵了。

旅夜書懷　唐・杜甫

細草微風岸，危檣獨夜舟。星垂平野闊，月湧大江流。
名豈文章著，官應老病休。飄飄何所似，天地一沙鷗。

〈江村〉中「供祿米」的故人嚴武過世，杜甫只好離開成都草堂，帶著一家人乘舟向東南再次流浪。他此時有點名氣了，或許會有其他人願意接待他們一家？想到這裡，杜甫又氣又無奈，他說，我才不想因為文章寫得好而出名，但是一輩子忠君愛國，此時卻得不到一官半職。或許我現在又老又病，也應該斷了當官的念頭了。在這個岸邊有細草、江上有微風的夜晚，老杜的心情並不平靜。

飄零又飄零，他認為自己是天地之間一隻孤獨的沙鷗。就連群鷗也不理他了，而且不是白鷗喔，他是一隻在沙灘上過夜的沙鷗。「飄飄何所似，天地一沙鷗」，念完最後兩句，幾乎要為他流淚了。這讓我想起蘇軾在人生最低潮的黃州時期，也將自己比喻為一隻孤鴻。他說這隻孤鴻啊，「揀盡寒枝不肯棲，寂寞沙洲冷」。跟三百年前的老杜沙鷗同病相憐。

頷聯「星垂平野闊，月湧大江流」，會直接聯想到南朝齊謝脁的名句「大江流日夜，客心悲未央」，杜甫此詩也訴說著客心悲悽。另外，就前四句的畫面而言，也會想到孟浩然的名作〈宿建德江〉，他四十歲之後遠赴京城求官不成，此時在東南漫遊，舟上過夜，雖然跟杜甫一樣滿懷客愁，但是心境上沒那麼絕望，至少還有月亮陪著他，可以念一下：

移舟泊煙渚，日暮客愁新。
野曠天低樹，江清月近人。

「星垂」一聯有的流傳版本為「星隨平野闊，月湧大江流」，這又容易想到李白的詩句「山隨平野盡，江入大荒流」，簡直是照樣造句。不過李白寫詩時才二十幾歲，剛離開故鄉去闖蕩天下，山、平野、江、大荒，他眼中只有前方的道路。而五十幾歲的杜甫呢？星、月在天，平野、大江為地，他是天地之間不知何去何從的一沙鷗。

贈田叟　唐・李商隱

荷蓧衰翁似有情，相逢攜手繞村行。燒畬曉映遠山色，伐樹暝傳深谷聲。鷗鳥忘機翻浹洽，交親得路昧平生。撫躬道直誠感激，在野無賢心自驚。

成語「鷗鳥忘機」就出自此詩。中晚唐時因「牛李黨爭」激烈，李商隱始終苦無升遷機會，只能輾轉於各地幕府，或是擔任縣尉等級的小官。此時他在鄉間遇見一位老農夫，兩人一見如故。

前六句讀起來，彷彿李商隱成了王維、孟浩然般的田園詩人。詩中有些難字如下：蓧（ㄉㄧㄠˋ），除草的農具。浹洽（ㄐㄧㄚˊ ㄒㄧㄚˊ），相處融洽。燒畬（ㄕㄜ），以火燎原後可耕種的田地。

頸聯說，我們兩人的相處方式，就像忘卻機心的漁夫與白鷗那般毫無戒心啊，有些朋友親人反而跟我形同陌路。最後說，能夠享有這麼一段單純的時光，真是滿懷感激，朝廷中人竟然不知道鄉野間有這樣的賢人，真是令人吃驚！

「在野無賢」用了「野無遺賢」的典故。《尚書・大禹謨》：「野無遺賢，萬邦咸寧。」意即天下所有賢人都已經為君王所用，沒有遺漏的人才了，所以天下太平。這個詞在唐朝也有一段故事。

據司馬光《資治通鑑》載，唐玄宗要宰相李林甫舉辦考試，讓天下有才華的人都聚集到京師。這時李林甫專權已久，這類考試的最後一關是直接由皇帝面試，李林甫很怕這些文人會在皇帝面前告狀他做了多少姦惡之事。他因此想出一個辦法：從各地方縣市到中央尚書省，全部從嚴考試，務必要考到沒有一人及格為止。然後李林甫才向玄宗祝賀：「野無遺賢。」對了，杜甫也是這次考試落榜的倒楣鬼。

采桑子　宋．歐陽脩

天容水色西湖好，雲物俱鮮，鷗鷺閒眠，應慣尋常聽管弦。

風清月白偏宜夜，一片瓊田，誰羨驂鸞，人在舟中便是仙。

烏夜啼　宋．陸游

世事從來慣見，吾生更欲何之。鏡湖西畔秋千頃，鷗鷺共忘機。
一枕蘋風午醉，二升菰米晨炊。故人莫訝音書絕，釣侶是新知。

這兩首清新的詞都是描寫湖居生活的閒適自在，不過他們在白鷗之外，又加入了白鷺為伴，跟王維的別墅旁也有鷗有鷺一樣。

北宋的歐陽脩說能在西湖聽音樂、欣賞風景，誰還想成仙呢？這裡就是人間仙境。這種心境與李白「仙人有待乘黃鶴，海客無心隨白鷗」相似。

南宋的陸游學歐陽脩說鷗鷺，又搬來李商隱的「鷗鳥忘機」成了「鷗鷺共忘機」。最後說老朋友不要怪我都不跟你們聯絡，實在是因為我太喜歡跟這裡的新朋友在鏡湖釣魚了。

歐陽脩、李白的眼界在天上，陸游、李商隱的目光在人間，這就是氣質不同了。

八

杳如黃鶴：旅遊勝地，不打卡嗎？

關鍵字【#黃鶴樓、#騎黃鶴】

故事

上一篇李白說「仙人有待乘黃鶴」，這是哪位仙人騎乘黃鶴的故事呢？黃鶴的故事其實眾說紛紜，而且都片段殘缺。

據《太平寰宇記．江南西道十．鄂州》載：「黃鶴樓，在縣西二百八十步。昔費禕登仙，每乘黃鶴於此樓憩駕，故號為黃鶴樓。」那麼仙人就是指費禕了，但卻沒有說明他的生平。歷史上最有名的「費禕」為三國蜀人，字文偉，也就是我們讀諸葛亮〈出師表〉中「侍中、侍郎郭攸之、費禕、董允等，此皆良實，志慮忠純」的那位。

《水經注疏》引《紀勝》說：「費禕文偉登仙，駕黃鶴返憩於此。」這就直接點名是三國那位費禕。

宋朝陸游《入蜀記》則寫：「黃鶴樓，舊傳費禕飛昇於此，後忽乘黃鶴來歸，故以名樓，號為天下絕景。崔顥詩最傳，而太白奇句，得於此者尤多。」「飛昇」即是成仙，看來大家提到黃鶴，主要是介紹黃鶴樓啊，只是順便提一下樓名的由來，當然不能不提的，就是唐朝崔顥和李白的名詩了，這後面會介紹。

《三國志》中的費禕不只良實，而且是時間管理大師。蜀漢後期實際上由他掌權，而他不僅處理公事井井有條，閱讀公文時還能一目十行，所以每天早早下班跟朋友下棋喝酒。但也因為他太信任部屬朋友了，對人無提防之心，竟然在飲酒享樂時，被人刺殺身亡。

大概費禕的形象太好，所以後人才希望他能白日飛昇，而且還偶爾騎黃鶴回人世間遊玩吧！

◇　◇　◇

另外，在《列仙傳》中也記載了跟黃鶴相關的故事。據說有位陵陽子明很愛釣魚，有一天不得了，竟然不是釣到魚，而是釣到一條白龍！到底白龍有多笨才會上鉤？但子明嚇死了，龍可是神仙啊，趕緊解開釣鉤放走白龍，在河邊跪下祈禱。

後來子明又釣到一條白魚，魚腹中有張紙條，教他採藥煉丹之法。子明服食仙丹三年後，白龍來接他飛到陵陽山上，應該是成仙了。一百多年後，在千餘丈高山上的子明，突然對著山下大喊：「有沒有一位叫子安的人啊？請他來看看我的釣車還在不在？」

這個問題很莫名其妙，也沒說清楚子安是誰。故事最後只說，過了二十餘年，這位子安過世，鄉人將他葬在山下之後，有一隻黃鶴飛來墓塚旁的樹木上哀鳴。

再參考一下《水經注疏》引其他古書說：「世傳仙人子安乘黃鵠過此。」古時「鶴」、「鵠」兩字通用，所以子安可能沒死，後來也乘黃鶴飛昇了吧。

因為這兩個故事都說得不清不楚，雖然李白一輩子都想修道成仙，但應該也學不到什麼具體的方法。

不過後人寫詩時幾乎都只談黃鶴樓，已經不太在乎在此成仙的人到底是誰了，只留下仙人一去不返，「杳如黃鶴」這個印象。

詩詞

黃鶴樓送孟浩然之廣陵　唐．李白

故人西辭黃鶴樓，煙花三月下揚州。
孤帆遠影碧空盡，唯見長江天際流。

李白一生自視甚高，不過他二十幾歲在襄陽第一次遇到長他十二歲的孟浩然時，對老大哥的推崇告白倒是毫無保留：「吾愛孟夫子，風流天下聞。」當時李白積極尋求當官門道，而孟浩然卻仍對於是否入京求官猶豫不決。

後來兩人抱著不同心情雲遊天下，然後在武昌又遇見了。年近四十歲的孟浩然應該還是表現出對萬事無可無不可的態度，這可能讓李白又更景仰佩服了，他還無法拒絕官場的誘惑。

在黃鶴樓宴別孟浩然之後，李白寫下這首名作。告別敬愛的朋友時，李白明明是心中無限感傷，但他只說「煙花三月」，繁花盛開如煙雲，一切的感傷都美化昇華了。李白站在黃鶴樓上，盯著孟浩然的船隻孤帆慢慢遠去、遠去，直到天空盡頭，一回神，只見到長江了。

我們現在出於禮貌，也會目送客人離開，不過我們生活中的道路沒那麼長，頂多等到客人轉過街頭巷口就會回家，或許一兩分鐘？古代船行緩慢，孟浩然這隻黃鶴離開後，李白仍痴痴看到船帆都不見蹤影，真是看得深情款款、目不轉睛。

這應該也是李白此生最後一次見到孟浩然。

江夏行　唐．李白

憶昔嬌小姿，春心亦自持。為言嫁夫壻，得免長相思。
誰知嫁商賈，令人卻愁苦。自從為夫妻，何曾在鄉土。
去年下揚州，相送黃鶴樓。眼看帆去遠，心逐江水流。
只言期一載，誰謂歷三秋。使妾腸欲斷，恨君情悠悠。
東家西舍同時發，北去南來不逾月。
未知行李遊何方，作箇音書能斷絕。
適來往南浦，欲問西江船。正見當壚女，紅粧二八年。
一種為人妻，獨自多悲悽。對鏡便垂淚，逢人只欲啼。
不如輕薄兒，旦暮長相隨。悔作商人婦，青春長別離。
如今正好同懽樂，君去容華誰得知。

站在黃鶴樓頭，看著帆船遠去揚州的人除了李白，還有這個怨婦。她的丈夫出外經商，原本預期一年，結果三年還沒回家。本以為結婚之後可以長相廝守，誰知感情卻放水流。想著丈夫那隻不回家的黃鶴，唉，當個商人婦啊，還不如嫁給江邊那些整天無所事事的輕薄兒，不然我這麼美，又有誰來欣賞呢？

李白這首悔作商人婦的詩，可以與他的另一首〈長干行〉並讀。不過〈長干行〉中的女子眼中始終只有丈夫一人，至死不渝，難怪高中課本只會選〈長干行〉，不會選這首〈江夏行〉了。

在李白這首詩的幾十年後，中唐的李益也寫了一首商人婦的詩〈江南曲〉，可說是將李白的詩濃縮成一首五言絕句了，我們一併念念：

嫁得瞿塘賈，朝朝誤妾期。
早知潮有信，嫁與弄潮兒。

黃鶴樓　唐・崔顥

昔人已乘黃鶴去，此地空餘黃鶴樓。黃鶴一去不復返，白雲千載空悠悠。
晴川歷歷漢陽樹，春草萋萋鸚鵡洲。日暮鄉關何處是？煙波江上使人愁。

七言律詩到了唐朝已臻大成、技巧發展完備，對於每個字的平仄都要求嚴格，中間兩聯也必須嚴守對偶。這麼一說，這首詩還能稱為七言律詩嗎？此詩的第三聯雖然對偶了，但第二聯根本沒有對偶，更有甚者，第二聯的平仄念起來還非常尷尬，不符合律詩的規範：平仄仄仄仄仄仄，仄平平仄平平平。這樣非古詩非律詩的，難道是剛學寫詩的學生作品？

不是喔，這首詩的評價極高，宋人嚴羽《滄浪詩話》即稱：「唐人七言律詩，當以崔顥〈黃鶴樓〉為第一。」其他後世文人也用了各種最高級的形容：「唐七言律詩的壓卷」、「神韻超然，絕去斧鑿」、「獨步千古」、「千古之奇」。

後來更有傳說，李白到了黃鶴樓上見到崔顥這首詩題於壁上，嘆了一口氣說：「眼前有景道不得，崔顥題詩在上頭。」這個傳說許多人當真，不過卻不見於唐人的記載，所以我們還是存保留態度，「李白認輸不寫了？」這實在難以想像。

不過這種傳說也不是毫無道理，因為這首詩最明顯的特色是前面不斷重複「黃鶴」，僅八句詩中就用了四句描述昔日仙人乘鶴而今黃鶴杳然的故事。這跟李白有何關係？因為李白很少寫七言律詩，其中卻有兩首詩的寫法與崔顥〈黃鶴樓〉頗為類似，因此才有傳說李白回去想想不甘心，寫這兩首詩較勁，我們也念念：

〈登金陵鳳凰臺〉

鳳凰臺上鳳凰遊，鳳去臺空江自流。吳宮花草埋幽徑，晉代衣冠成古丘。
三山半落青天外，二水中分白鷺洲。總為浮雲能蔽日，長安不見使人愁。

〈鸚鵡洲〉

鸚鵡來過吳江水，江上洲傳鸚鵡名。鸚鵡西飛隴山去，芳洲之樹何青青。
煙開蘭葉香風暖，岸夾桃花錦浪生。遷客此時徒極目，長洲孤月向誰明。

回到崔顥的詩，第五句從黃鶴傳說回到眼前景色，他看著歷歷晴川、萋萋春草，心生哀愁，在樓頭直站到日暮向晚，江上景色都看不清楚了，當然更看不清楚遠方的家鄉。

不管是李白還是崔顥，他們在黃鶴樓上都一站就站好久。

與史郎中欽聽黃鶴樓上吹笛　唐・李白

一為遷客去長沙，西望長安不見家。

黃鶴樓中吹玉笛，江城五月落梅花。

李白因投靠永王李璘而獲罪遭貶夜郎，流放途中看來也不趕路，容得他慢慢走。這一天又途經黃鶴樓，終於在樓上題詩了。

古人稱貶官為「左遷」，被貶或獲罪之人即為「遷客」。李白想起西漢時因議論時政而得罪權貴，遭貶至長沙的賈誼，如今自己也在流放路上。望向西北方，那是他回不去的政治中心，同樣回不去、見不到的是自己的家。

此時樓中優美的笛聲響起，為什麼他聽了會感到陣陣寒意呢？這時明明已是五月初夏了？原來笛曲是〈梅花落〉，在李白耳目之中，彷彿這座江城的天空落下了漫天梅花瓣。

這就是李白的胸襟格局了，年輕時送行孟浩然，他看到煙花三月；年老時遭貶之身，他聽見五月落梅。感情是不須明說的，這種餘韻就是七言絕句的特色，這也是李白最擅長的文體，是不是比他的七言律詩還好？

滿江紅　宋・蘇軾

（寄鄂州朱使君壽昌）

江漢西來，高樓下、蒲萄深碧。猶自帶、岷峨雪浪，錦江春色。君是南山遺愛守，我為劍外思歸客。對此間、風物豈無情，殷勤說。

《江表傳》，君休讀；狂處士，真堪惜。空洲對鸚鵡，葦花蕭瑟。不獨笑書生爭底事，曹公黃祖俱飄忽。願使君、還賦謫仙詩，追黃鶴。

李白想著前人賈誼，後人蘇東坡也想著李白。

蘇軾因被人檢舉其詩文譏刺時政而下獄，此即「烏臺詩案」，在獄中九死一生，最後被貶「黃州團練副使，本州安置，不得簽書公事」。在黃州是他人生最低潮的一段時期，不過看這首詞，他已經重新振作了，一點都看不出萎靡消沉。

詞是寄給在隔江鄂州任知州的朱壽昌，而黃鶴樓正在鄂州武昌。蘇軾想像，這條江水由他的故鄉蜀地峨嵋山東流而來，朱君應該也常在黃鶴樓上看著碧綠江、雪白浪吧？

李白曾以「遙看漢水鴨頭綠，恰似葡萄（通「蒲萄」）初醱醅（ㄆㄛˋ ㄆㄟ，釀酒）」、「江帶峨眉雪」形容江水，杜甫亦有詩句「錦江春色來天地」。蘇軾詞裡的「蒲萄深碧」、「岷峨雪浪」、「錦江春色」直接借用了李杜詩，這不是抄襲喔，這是博學。

蘇軾雖然想家了，但此時身不由己。他跟朱君說，千萬不要讀三國的史書啊，不然就會看到禰衡的故事——禰衡曾經大罵曹操，曹操要殺他雖易如反掌，卻為了顯示自己有容人的雅量，所以只將禰衡送去荊州給刺史劉表，禰衡又罵完劉表後，劉表將他送給脾氣暴躁的江夏太守黃祖，終於死在黃祖手下。因禰衡曾寫〈鸚鵡賦〉，所以他葬身的沙洲稱為鸚鵡洲。

蘇軾此時想起彌衡有點怪，他又不像彌衡一樣會對看不慣的事情破口大罵。不過空有文名而苦無發揮的舞臺，這點倒是類似。

詞末說，我們這些書生就不要跟小人爭辯了，看看曹操、黃祖還不都死了嗎？不如多念念謫仙李白的詩，看看能不能像李白寫出〈鸚鵡洲〉那麼好的詩，可以媲美崔顥的〈黃鶴樓〉啊！若是哪天可以騎黃鶴成仙，豈不更妙？

李白也將自己與黃鶴樓活成一個典故了。

滿江紅 宋・岳飛

（登黃鶴樓有感）

遙望中原，荒煙外、許多城郭。想當年，花遮柳護，鳳樓龍閣。萬歲山前珠翠繞，蓬壺殿裡笙歌作。到而今、鐵騎滿郊畿，風塵惡。
兵安在？膏鋒鍔。民安在？填溝壑。嘆江山如故，千村寥落。何日請纓提銳旅，一鞭直渡清河洛。卻歸來、再續漢陽遊，騎黃鶴。

到了南宋，岳飛矢志恢復北方失土，大家都讀過他的另一首〈滿江紅〉：「怒髮衝冠，憑欄處、瀟瀟雨歇。抬望眼，仰天長嘯，壯懷激烈。三十功名塵與土，八千里路雲和月。」將詞填得這麼殺氣騰騰，真是少見。

這首登黃鶴樓的詞，約作於宋高宗紹興四年，當時岳飛用兵如神，軍隊張起「岳」字旗與「精忠」旗，就足令敵人膽寒，稱岳家軍「號令如山，若與之敵，萬無生理」。岳飛接連收復襄陽、郢、唐等州，並屯兵鄂州，朝廷授岳飛清遠軍節度使，並封武昌縣開國子。

岳飛站在黃鶴樓上，遙望北方中原，回想汴京的繁華歲月，而今故土卻是民不聊生，「民安在？填溝壑」，意同杜甫〈醉時歌〉云：「但覺高歌有鬼神，焉知餓死填溝壑。」這正是當時人民的寫照。

詞末岳飛說，現在且不急著騎黃鶴，這事等他提點銳旅雄兵、恢復失土後歸來再說。這又將「黃鶴」的傳說推展到另一個層次，我們畢竟活在人世，這裡有我們該完成的任務。

九

王孫歸來：山中可不可以久留？

關鍵詞

【#王孫、#招隱士、#春草萋萋、#桂枝、#山中久留、#淮南小山】

故事

崔顥〈黃鶴樓〉中的「春草萋萋鸚鵡洲」，有的版本寫作「芳草萋萋」，這很正常，古書在傳鈔時很容易產生不同版本，通常我們不會執著非用哪個字不可。「萋萋」為綠草茂盛的樣子，這裡用「春草」或「芳草」的意思相同。

雖說如此，但我比較喜歡「春草萋萋」，因為這牽涉到一個典故：漢代淮南王劉安有一群門客，沒有留下姓名，統稱為「淮南小山」，曾撰一篇模仿《楚辭》的名作〈招隱士〉，勸告王孫子弟不可以在山中久留，因為山中有虎豹熊羆各種猛獸啊，好可怕，像你這樣攀援芬芳桂枝的君子王孫，還是趕快離開隱居的山中吧，在這個春草萋萋的美好時光，趕快回來吧！

這篇〈招隱士〉有許多怪怪奇奇的字，不太好讀，不過只要掌握大概的意思，再看這些難字的解釋，應該都可以理解想像：

桂樹叢生兮山之幽，偃蹇[1]連蜷[2]兮枝相繚。

山氣巃嵸[3]兮石嵯峨，谿谷嶄[4]巖兮水曾[5]波。

猨狖[6]群嘯兮虎豹嗥，攀援桂枝兮聊淹留[7]。

王孫遊兮不歸，春草生兮萋萋。

歲暮兮不自聊，蟪蛄[8]鳴兮啾啾。

坱兮軋[9]，山曲岪[10]，心淹留兮恫[11]慌忽。

罔兮沕[12]，憭兮慄[13]，虎豹穴。

叢薄深林兮，人上慄。

嶔岑[14]碕礒[15]兮碅磳[16]磈硊[17]，樹輪相糾兮林木茷[18]骫[19]。

青莎[20]雜樹兮薠[21]草靃靡[22]，白鹿麏麚[23]兮或騰或倚。

狀皃[24]崟崟[25]兮峨峨[26]，淒淒[27]兮漇漇[28]。

獼猴兮熊羆[29]，慕類兮以悲。

攀援桂枝兮聊淹留。

虎豹鬥兮熊羆咆，禽獸駭兮亡其曹。

王孫兮歸來，山中兮不可以久留。

我們一起利用教育部辭典，看看你認得幾個字：

1. 偃蹇（ㄧㄢˇ ㄐㄧㄢˇ）：高立的樣子。
2. 連蜷（ㄑㄩㄢˊ）：屈曲，卷曲蜇藏。
3. 巃嵸（ㄌㄨㄥˊ ㄙㄨㄥˊ）：山氣瀰漫的樣子。
4. 嶄（ㄓㄢˇ）：通「巉」，高險、險峻。
5. 曾（ㄘㄥˊ）：通「層」，重疊的、一重一重的。
6. 狖（ㄧㄡˋ）：黑色的長尾猴。
7. 淹留（ㄧㄢ ㄌㄧㄡˊ）：久留、逗留。
8. 蟪蛄（ㄏㄨㄟˋ ㄍㄨ）：蟬，夏生秋死。
9. 坱軋（ㄧㄤˇ ㄧㄚˋ）：通「坱圠」，雲霧廣大無邊。
10. 曲岪（ㄈㄨˊ）：山勢曲折的樣子。
11. 恫（ㄊㄨㄥ）：傷痛、哀痛。

12. 沕（ㄨˋ）：精氣喪失。
13. 憭慄（ㄌㄧㄠˊ ㄌㄧˋ）：因憂傷恐懼而發抖。
14. 嶔岑（ㄑㄧㄣ ㄘㄣˊ）：山勢高險的樣子。
15. 碕礒（ㄑㄧˊ ㄧˇ）：山峻貌。
16. 硱磳（ㄐㄩㄣ ㄗㄥ）：石危貌。
17. 磈硊（ㄎㄨㄟˇ ㄨㄟˇ）：群石。
18. 茷（ㄈㄚˊ）：草葉盛茂的樣子。
19. 骫（ㄨㄟˇ）：骨頭彎曲的樣子。
20. 莎（ㄙㄨㄛ）：莎草，地下塊根稱為「香附子」，可入藥。
21. 薠（ㄈㄢˊ）：一種似莎而大的草。莎、薠皆指野草、雜草。
22. 靃靡（ㄏㄨㄛˋ ㄇㄧˇ）：草木萎弱或隨風偃拂貌。
23. 麔麚（ㄐㄧㄡˋ ㄐㄧㄚ）：麋鹿。
24. 皃（ㄇㄠˋ）：通「貌」。
25. 崟崟（ㄧㄣˊ）：高的樣子。

26. 峨峨（ㄜˊ）：高聳的樣子。形容麋鹿高大的角。
27. 淒淒（ㄑㄧ）：水流的樣子。
28. 漇漇（ㄒㄧˇ）：潤澤。形容麋鹿毛皮的光澤。
29. 羆（ㄆㄧˊ）：一種大熊。毛皮呈黃白雜文。能爬樹、游泳，具強大力氣。

救命啊，短短一篇文章，難字也太多了！

不過我猜想這是文人故意用文字設下的重重迷障，當我們好不容易穿越這些怪奇字，最後才會記得這兩句：「王孫遊兮不歸，春草生兮萋萋。」、「王孫兮歸來，山中兮不可以久留。」隱士啊，不要待在那麼可怕的山中了。

念完之後我們也知道，〈招隱士〉的意思類似《論語．微子》所說的：「鳥獸不可與同群，吾非斯人之徒與而誰與？」我們只能跟人一起相處，不可能跟鳥獸結伴同群的。

不過我們再念一次崔顥的〈黃鶴樓〉會發現有點矛盾：崔顥此時應該正在外地當官，當他發現「黃鶴一去不復返」，修道成仙大概無望，此時看到春草萋萋才會想家。

他並不是在山林中的隱士，反而是想歸隱，這心情是不是跟〈招隱士〉剛好相反？

昔人已乘黃鶴去，此地空餘黃鶴樓。黃鶴一去不復返，白雲千載空悠悠。
晴川歷歷漢陽樹，春草萋萋鸚鵡洲。日暮鄉關何處是？煙波江上使人愁。

的確是相反。

東漢王逸的《楚辭章句》認為〈招隱士〉是「閔傷屈原」之作，「雖身沉沒，名德顯聞，與隱處山澤無異」。所以「招隱士」比較像是招魂了。清王夫之《楚辭通釋》則說跟屈原無關啦，「此篇義盡於招隱，為淮南召致山谷潛伏之士，絕無閔屈子而章之之意。」

不管跟屈原有沒有關係，總之是勸隱士出山。不過到了後世，「招隱」的確也發展出相反意涵：「招人歸隱」。例如西晉左思的〈招隱詩〉說：「杖策招隱士，荒途橫古今。巖穴無結構，丘中有鳴琴。」、「非必絲與竹，山水有清音。」山中沒那麼可怕，大家一起歸隱吧，大自然的山水就是最美妙的音樂。

然後就麻煩了，詩詞中的「招隱」典故到底是「徵召隱士出仕」還是「招人歸隱山林」呢？這就只能從前後文去判斷了。

不過我們已經知道，隱居是許多文人內心深處的渴望，所以文人通常不管〈招隱士〉的原意。例如崔顥的〈黃鶴樓〉，我們也可以從期盼歸隱的角度來閱讀，這樣就多了一層咀嚼的樂趣。

當然了，如果文人只寫「春草萋萋」，也可以是單純描寫眼前景色，不必過多聯想。但如果又出現「桂枝」、「王孫歸來」、「山中不可以久留」時，就要特別留意了。

詩詞

擬小山篇　唐・徐惠

仰幽巖而流盼，撫桂枝以凝想。
將千齡兮此遇，荃何為兮獨往。

白居易寫給好友元稹的信中自誇：「我還是六、七個月大的小北鼻時，就認得之、無兩個字了。」聽起來是個神童？但跟更早之前的徐惠一比，白居易輸慘了。

據說徐惠五個月大就會說話，四歲能讀懂《論語》和《詩經》，八歲已經自學寫文章。她的父親是徐孝德，有一天心血來潮，要小惠學〈離騷〉寫一首〈小山篇〉，她就寫下這首詩說：我在山中仰望著幽谷上的山巖，手撫著桂樹的枝椏凝神細想，一千年前我們原本計畫在此相遇，你為何獨自離開了？

小徐惠在這首詩中將自己當成隱士了，她的確不是官員，這樣說也沒錯。不過徐孝德看到這首詩差點嚇死。不是因為這個小女孩很厲害喔，而是詩中用了「荃」代替

「你」。這問題就大了，〈離騷〉中有一句「荃不察余之中情兮」，「荃」是指君王，意思是楚王不知道屈原的心情。那麼徐惠這首詩不就是埋怨皇帝不理她嗎？而且還說這是前世註定好的姻緣。

不過呢，徐孝德也撫著桂枝凝想一陣之後，反而讓這首詩流傳出去，而且還愈傳愈遠，傳到了唐太宗耳中。太宗聽了也嘖嘖稱奇，便將徐惠招入宮中當才人，後來再升為充容（後宮九嬪之一），徐孝德則擢升為水部員外郎。老徐計畫通。

據說徐惠入宮之後，「手未嘗廢卷」，仍然是個愛讀書的女孩。只可惜唐太宗離世之後，她傷心成疾，卻不肯進藥，年僅二十四歲便追隨太宗而去，死後追贈「賢妃」。

山中送別　唐・王維

山中相送罷，日暮掩柴扉。

春草明年綠，王孫歸不歸？

王維在山中送別友人之後，掩上柴門想著：明年春草萋萋之時，這位王孫會不會回到山中來看我呢？

細想一下，「王孫歸不歸」這句「招人歸隱」的話王維沒有當面跟友人說，而是關上門之後自言自語，應該是他心中已經有答案了：春草又綠時，如果友人一定會回來，則不須多此一問。

說不定這位王孫正是為了當官才向他告別的，那友人如果明年就回來，不就代表官場不順利？因此這種話也不能當面問。

這首詩雖然用字淺白，心情卻頗為曲折，真是厲害。

山居秋暝　唐・王維

空山新雨後，天氣晚來秋。明月松間照，清泉石上流。
竹喧歸浣女，蓮動下漁舟。隨意春芳歇，王孫自可留。

王維的山居生活中沒有虎豹熊羆，除了賞明月、聽清泉，他也喜歡觀察竹林間喧鬧的浣紗女、蓮花池中的採蓮女。春草綠不綠也無所謂，這正是我這位王孫可以久留的地方啊！

詩佛只在人世中參禪。雖然中間兩聯寫了好多動態畫面，但是「空山」、「隨意」前後呼應，念起來心情好平靜，一點都不執著。

田園樂七首（其四） 唐．王維

萋萋春草秋綠，落落長松夏寒。
牛羊自歸村巷，童稚不識衣冠。

王維在輞川別墅過著半官半隱的生活，寫了這七首很少見的六言絕句。這裡的春草到了秋天仍綠，夏天在稀稀落落的松林之間竟會有點寒意。真是冬暖夏涼的好地方啊，難怪他的田園生活這麼樂。

第三句可以聯想到《詩經．王風．君子于役》「日之夕矣，羊牛下來」，描述婦人思念遠征的丈夫，不過王維應該只是用來形容村間古樸自然的景象，這裡的小孩都不認識什麼達官貴人，讓他覺得很自在。

用「萋萋」對「落落」，很工整。「牛羊」對「童稚」，很可愛。

憶舊遊寄譙郡元參軍（節錄） 唐．李白

憶昔洛陽董糟丘，為余天津橋南造酒樓。
黃金白璧買歌笑，一醉累月輕王侯。海內賢豪青雲客，就中與君心莫逆。
迴山轉海不作難，傾情倒意無所惜。我向淮南攀桂枝，君留洛北愁夢思。

這首詩應是李白於離開皇宮翰林供奉的職位之後，寄給好友元演的。當時半被迫離開皇宮，李白的心情應是極為低落，但是他回憶起與元演在洛陽的交遊，當時可好玩了。

洛陽天津橋的酒樓簡直是為他而造的，飲酒作樂時黃金白璧花錢毫不手軟，杜甫〈飲中八仙歌〉曾形容李白喝醉後「天子呼來不上船，自稱臣是酒中仙」，那些王侯他自然更不看在眼裡。平常認識的各地青年才俊中，與李白最稱上莫逆之交的就是這位元演了，兩人情投意合、情比海深。

淮南小山寫了〈招隱士〉，向攀援桂枝的王孫說「山中兮不可以久留」，李白則對留在洛陽的元演說：「我偏偏就要去淮南攀桂枝，好好當個隱士。」真是任性。

不過李白自稱是皇室宗親，乃十六國時期西涼武昭王李暠的九世孫，與大唐李氏同宗，因此李白以「王孫」自比倒也很合理。

賦得古原草送別　唐．白居易

離離原上草，一歲一枯榮。野火燒不盡，春風吹又生。
遠芳侵古道，晴翠接荒城。又送王孫去，萋萋滿別情。

這首詩的故事很著名。據說白居易去京城參加考試時，曾帶著自己的詩集去拜謁時任著作郎的顧況。老顧還沒看詩，就先開了小白名字的玩笑：「米價方貴，居亦弗易。」這裡物價飆漲，通貨膨脹很嚴重啊，京城居，大不易。

然後顧況終於打開詩集了，第一首詩讀到「野火燒不盡，春風吹又生」便忍不住讚賞：「道得箇語，居即易矣。」既然這麼會寫，顧況也樂得到處向人推薦這位年輕人。

詩的最後一聯明顯是從〈招隱士〉而來，跟王維〈山中送別〉的想法有時間差：王維想著明年春草綠時，王孫會回來嗎？白居易則是看著當下的萋萋春草就開始難過了。王維還是比較含蓄一點。

不過呢，白居易寫這首詩時才十六歲，現在高中生的年紀啊，真是不得了。

楊柳枝詞九首（其一）　唐・劉禹錫

塞北梅花羌笛吹，淮南桂樹小山詞。
請君莫奏前朝曲，聽唱新翻〈楊柳枝〉。

這是劉禹錫這組樂府詞中的第一首，為整組詞定調。他說樂府橫吹曲中有羌笛吹的〈梅花落〉曲，樂府雜曲歌辭也有從淮南小山〈招隱士〉而來的〈王孫遊〉曲。這些漢朝的曲子雖然都很好，但是現在都什麼年代了，不要再演唱那些前朝舊曲，來聽聽我新寫的〈楊柳枝〉詞吧！

劉禹錫這種寫法很特別，為了強調自己的楊柳比較好，拿梅花、桂樹來當陪襯，真是委屈梅桂了。這組詞是與白居易的唱和之作，白居易的〈楊柳枝〉這樣寫，大家自己比較一下，白居易是不是太白話了：

〈六么〉〈水調〉家家唱，〈白雪〉〈梅花〉處處吹。
古歌舊曲君休聽，聽取新翻〈楊柳枝〉。

十

草木搖落：悲秋的祖師爺

關鍵詞【#宋玉、#悲秋、#秋風、#草木搖落、#登山臨水、#貧士失職】

故事

上一篇談了《楚辭》中著名的春天，這一篇來看《楚辭》中的秋天。

因為臺灣位於亞熱帶，而古詩詞作者多生活於緯度較高的地方，所以我們讀古詩詞時，季節感與古人相當不同。不知道跟全球暖化是否有關，有時臺灣到了冬至仍有攝氏三十度的高溫，到了立春才迎來第一波冷氣團。

又例如臺灣低海拔的山林四季長綠，只在秋冬的高海拔山區才能見到黃紅色的樹林，而且還是網路打卡美景。若我們登山時念了王勃的〈山中〉詩句「況屬高風晚，山山黃葉飛」，肯定無法體會他為何見此景色而心情低落吧？

所以我們要發揮一下想像力：在二千二百年前的秋天，這時大地已經一片荒涼蕭索，屈原過世之後，有一位同為戰國楚人的文人宋玉，寫下了這篇〈九辯〉，從此為秋天定調。

我們只看第一段就好，當然一邊讀還是要一邊查字典：

悲哉，秋之為氣也，蕭瑟兮，草木搖落[1]而變衰。

憭慄[2]兮若在遠行，登山臨水兮送將歸。

泬寥[3]兮天高而氣清，寂寥兮收潦[4]而水清。

憯悽[5]增欷[6]兮薄寒之中人，愴怳[7]懭悢[8]兮去故而就新。

坎廩[9]兮貧士失職而志不平，廓落[10]兮羈旅[11]而無友生[12]。

惆悵兮而私自憐。

燕翩翩其辭歸兮，蟬寂漠而無聲。

鴈[13]廱廱[14]而南游兮，鵾雞[15]啁哳[16]而悲鳴。

獨申旦[17]而不寐兮，哀蟋蟀之宵征[18]。

時亹亹[19]而過中[20]兮，蹇[21]淹留[22]而無成。

1. 搖落：搖晃掉落。

2. 憭慄（ㄌㄧㄠˊ ㄌㄧˋ）：悽愴悲傷。

3. 泬寥（ㄒㄩㄝˋ ㄌㄧㄠˊ）：空曠無雲的樣子。

4. 收潦（ㄌㄠˇ）：雨停。

5. 憯（ㄘㄢˇ）悽：憂傷悲悽。

6. 增欷（ㄒㄧ）：抽泣、悲嘆。

7. 愴怳（ㄔㄨㄤˋ ㄏㄨㄤˇ）：悲傷失意。

8. 懭悢（ㄎㄨㄤˇ ㄌㄧㄤˋ）：失意不得志。

9. 坎廩（ㄌㄧㄣˇ）：通「坎壈（ㄌㄢˇ）」，坎坷不得志。

10. 廓（ㄎㄨㄛˋ）落：廣大遼闊的樣子。

11. 羇（ㄐㄧ）旅：寄身外鄉作客。

12. 友生：朋友。

13. 鴈（ㄧㄢˋ）：通「雁」。

14. 廱廱（ㄩㄥ）：和諧的樣子。

15. 鶤（ㄩㄣˋ）雞：「鶤」為「鵾」之異體字。宋・洪興祖《楚辭補注》：「鶤雞似鵾，黃白色。」

16. 啁哳（ㄓㄡ ㄓㄚˊ）：擬聲詞。形容繁雜細碎的聲音。
17. 申旦：從夜晚至天亮。
18. 宵征：夜行。
19. 亹亹（ㄨㄟˇ）：往前進的樣子。
20. 過中：人已過了中年。
21. 蹇（ㄐㄧㄢˇ）：發語詞，無意義。
22. 淹留：久留、逗留。

大意是：真悲傷啊，秋天的風一吹，草木凋零搖落了，偏偏此時要遠行離開家鄉了，要告別親友了，在寒意中悽悽慘慘，貧困的人找不到好工作，在外的旅人沒有朋友，燕子和大雁都要南飛過冬了，寒蟬無聲，鵾雞悲鳴。睡不著啊，我這個一事無成的中年人。

開篇兩個字便說清楚秋天的心境：「悲哉！」可能是深秋了，最後的生機即將消逝，讓人不禁檢視自己的處境——毫無可取之處，愈想愈悲涼。

這一段的重點是「貧士失職而志不平」，也就是懷才不遇，深恐自己在功成名就之前就已老去，一如「草木搖落而變衰」。

這樣就能理解，為何後世文人對秋天的態度這麼受宋玉這篇〈九辯〉影響了：畢竟懷才不遇的文人多如過江之鯽……

〈九辯〉的後面八段大家如果有興趣閱讀，而且你的興趣剛好是查字典，保證讓你查得不亦樂乎。我只稍微說明兩個重點：

其一，宋玉說：「豈不鬱陶而思君兮，君之門以九重。猛犬狺狺（ㄧㄣˊ，狗叫聲）而迎吠兮，關梁（關口與橋梁，引申為文人出仕的道路）閉而不通。」這些鬱悶都跟居住在皇宮九重門內的君王有關，君王是文人單相思的唯一對象；君王若對你沒興趣，連門口的猛犬都會對你狂吠。

這種情景李白也親身體驗了。當玄宗詔令沉淪於江湖的李白入宮時，玄宗一笑就讓李白如沐春風，所以他回憶：「天門九重謁聖人，龍顏一解四海春。彤庭左右呼萬歲，拜賀明主收沉淪。」但是這段關係持續不到兩年，玄宗發給他一筆資遣費讓他離開皇宮之後，李白從此回不去了。他雖然想再去見皇上，但是門口侍衛如雷公發怒趕走他，就算他額頭敲門也沒有用：「我欲攀龍見明主，雷公砰訇（ㄆㄥ ㄏㄨㄥ，擬聲詞）震天鼓」、「閶闔（ㄔㄤ ㄏㄜˊ，天門，此指皇宮大門）九門不可通，以額扣關閽（ㄏㄨㄣ，守門人）者怒。」

很難想像李白也會做出這麼不顧尊嚴的舉動吧？不過畢竟他可是詩仙，所以趕走他的不是猛犬而是雷公，至少符合他超絕的身分。

其二，宋玉又說：「處濁世而顯榮兮，非余心之所樂。與其無義而有名兮，寧窮處而守高。」他不願在混濁亂世中顯達榮華，既然是亂世，必然是上位者的施政置人民於水火之中，如果此時自己身居要職，不也成為這些不公義施政的幫凶嗎？因此他寧願窮困潦倒卻能保持自己貞高的志節。

孔子也說過類似的話，《論語．泰伯篇》云：「天下有道則見，無道則隱。邦有道，貧且賤焉，恥也；邦無道，富且貴焉，恥也。」孔子說的「有道」太玄了，我們簡單將「有道」理解成「好皇帝」就很清楚了：如果現在是一位好皇帝在位，一定懂得任用人才，那麼自己還貧賤不受重用，雖然可恥，但一定是自己的才能不足。如果是一位壞皇帝在位，身邊一定都是貪圖享樂的小人，那麼自己如果當上高官享受富貴，不就證明自己是小人？

這段話還挺能安慰後世文人的，如果自己學問才能都很優秀，那麼一定不是自己的問題；唯一的問題，只有如何挨過貧賤的日子。這點杜甫最有資格當代言人。

杜甫〈奉贈韋左丞丈二十二韻〉一詩寫於天寶年間，雖然此時玄宗已經逐漸不理會政事，但是天下太平已久，應該還是能稱為一位好皇帝吧？但是杜甫此時沒有一官半職，在京城四處求人引薦，難道是他沒有才能嗎？杜甫可是自信滿滿，他說自己「讀書破萬卷，下筆如有神」，但是他卻每天「朝扣富兒門，暮隨肥馬塵。殘杯與冷炙，到處潛悲辛」，早上去敲富二代的門，晚上跟在權貴的肥馬後面吃土。喝著別人喝剩的殘酒，吃著別人吃剩的冷菜，在京城到處都流下悲辛的眼淚。

其後杜甫雖曾短暫入朝為官，但因觸怒新皇帝肅宗而被貶官，在無法施展抱負的職位上，他乾脆棄官離職。此時安史之亂後各地戰爭頻仍，窮困一直是杜甫無法擺脫的命運，從一開始「男兒生不成名身已老，三年飢走荒山道」，到後來在〈茅屋為秋風所破歌〉中寫下名句：「安得廣廈千萬間，大庇天下寒士俱歡顏，風雨不動安如山！」自己窮困不要緊，但希望其他文人至少能有遮風避雨的地方，杜甫在這首詩結尾說：「何時眼前突兀見此屋，吾廬獨破受凍死亦足！」自己死不足惜，至少世界要變得更好啊！難怪杜甫是「詩聖」，聖人不會只有想到自己。

總結一下宋玉的〈九辯〉：「悲哉，秋之為氣也，蕭瑟兮，草木搖落而變衰」，古代文人的悲傷，在於前途茫茫，未來看不到一點希望，在前方等待的只有寒冬，也在於只能眼睜睜看著自己邁向衰老，就像那片在樹枝上搖搖欲落的枯葉。

這個題目是古人的必寫題，類似「我的志願」（破滅了），所以我們多選幾首詩讀讀。

詩詞

感遇詩三十八首（其二）　唐・陳子昂

蘭若生春夏，芊蔚何青青！幽獨空林色，朱蕤冒紫莖。
遲遲白日晚，嫋嫋秋風生。歲華盡搖落，芳意竟何成！

陳子昂是初唐武則天時期的重要詩人，但是卻與世界格格不入。他在〈與東方左史虬修竹篇并書〉中說「文章道弊，五百年矣。漢魏風骨，晉宋莫傳」，五百年來大家的文章寫得亂七八糟，漢魏那種剛健的風格與精神，到了晉朝、南朝宋之後就看不見了，「暇時觀齊梁間詩，彩麗競繁，而興寄都絕」，看看南朝齊、梁的詩，華麗是華麗，但都是廢文，「每以永（詠）歎，思古人，嘗恐邐迤（ㄌㄧˇ　ㄧˊ，曲折）頹靡，風雅不作，以耿耿也」，《詩經》中的風雅之作更不用說了，只能嘆氣啊！

後來的李白也追隨陳子昂，將陳子昂這段「復古」的宣言又說了一次。李白在〈古風五十九首〉的第一首便云「大雅久不作，吾衰竟誰陳？」、「自從建安來，綺麗不足珍。」自從東漢獻帝建安年間的曹操父子三人及建安七子等人之後，就只有一些綺麗的廢文了。

陳子昂這組「感遇」詩，其實是感其「不遇」，遇不到對的時代，當然也遇不到賞識他的君主。

我們從首句依序唸下去。詩中他以蘭花及杜若自比，在屈原〈九歌・雲中君〉中便將蘭若並稱：「浴蘭湯兮沐芳，華采衣兮若英。」巫人祭祀前以蘭花沐浴，並穿上配戴杜若花的衣服，可見蘭、若代表著芬芳高潔的精神。芊蔚，草木茂盛的樣子；青青，草木翠綠的顏色。蕤（ㄖㄨㄟˊ），花朵盛開而下垂。春夏時，蘭若的葉子何其繁茂，更是襯托出朱花紫莖的嬌艷欲滴。

《詩經・豳風・七月》：「春日遲遲，采蘩祁祁。」春日繁花盛開不是應該開心嗎？然而，隨著時光悄悄推移，白日從漸長而漸短，終於來到了秋天，〈九歌・湘夫人〉：「嫋嫋兮秋風，洞庭波兮木葉下。」嫋嫋（ㄋㄧㄠˇ，微風吹拂的樣子）秋風一起，葉子也將落下。

然後陳子昂想到了宋玉〈九辯〉的「搖落」，而他沒有說出口的是「悲哉」。歲華即年華，一年將盡，蘭若也將凋謝，大家還會記得他這位只能孤芳自賞的詩人嗎？

陳子昂雖曾入朝任右拾遺，卻在辭官回鄉後為縣令段簡誣陷入獄，後死於獄中。他曾多次上書談論軍事國防，連武則天都尚且不懼，為何會死於一個小小縣令的誣陷？有一說是縣令貪圖他的家族財富，有一說是他得罪武則天，縣令只是聽令行事。總之，他生不逢時，等不到春天了。

詠懷古跡五首（其二）　唐・杜甫

搖落深知宋玉悲，風流儒雅亦吾師。悵望千秋一灑淚，蕭條異代不同時。

江山故宅空文藻，雲雨荒臺豈夢思。最是楚宮俱泯滅，舟人指點到今疑。

司馬遷在《史記・屈原賈生列傳》說宋玉等人在屈原死後，「好辭而以賦見稱，然皆祖屈原之從容辭令，終莫敢直諫」，雖然學屈原寫得一手好文章，卻沒人敢像屈原一樣向君王直言規諫，最後楚為秦所滅，這些文人也難辭其咎，「其後楚日以削，數十年竟為秦所滅」。

不過杜甫的見解卻與司馬遷不同。北周庾信〈枯樹賦〉稱東晉殷仲文「風流儒雅，海內知名」，「風流」指其品格風度，「儒雅」稱其學識涵養，杜甫直接借來形容宋玉。宋玉在史書上留下的事跡不多，不知道杜甫從哪裡得到這個結論？可能是他在深秋搭船行經宋玉的故宅時，眼中盡是草木搖落，又想起了〈九辯〉：宋玉既然能寫出這種文章、能同感天地的悲涼，那麼無論是人品或學問，必然都是值得效法的人吧？宋玉若以屈原為師，則杜甫想以宋玉為「吾師」，雖然兩人年代已相隔千秋。

「吾師」也代表世上只有自己才真的理解宋玉，雖然大家還是會去參觀宋玉的故宅，但是「空文藻」，徒然留下文章而其中的深意已經沒人在乎。那麼世人在乎什麼？看著其他乘舟過此地的人就知道，他們也不在乎楚國滅亡的事蹟，只會對著山頭指指點點：「哪座山才是巫山神女與楚襄王約會的地方啊？」

歷史沒人讀，八卦人人愛，難怪杜甫這位貧窮的好學生這麼悲傷了。「雲雨荒臺」的故事我們下一篇再說。

餘干旅舍　唐．劉長卿

搖落暮天迥，青楓霜葉稀。孤城向水閉，獨鳥背人飛。
渡口月初上，鄰家漁未歸。鄉心正欲絕，何處擣寒衣？

劉長卿為稍後於杜甫的著名詩人，自稱「五言長城」，對於自己的五言詩相當有自信。不過他的官運不順遂，曾因被誣陷而貶官，也符合「貧士失職而志不平」的內心劇場。他用了「搖落」一詞的詩多達十五首，可見他也將宋玉引為異代知己了。

這首詩直接以「搖落」開頭，且具體說了是楓葉即將落盡。杜牧〈山行〉寫「停車坐愛楓林晚，霜葉紅於二月花」，「霜葉」指經秋霜而轉紅的楓葉。另外，江楓乃是傷心的象徵，傳為宋玉所作的〈招魂〉即云：「湛湛江水兮上有楓，目極千里兮傷春心。魂兮歸來哀江南！」張繼〈楓橋夜泊〉則有名句「月落烏啼霜滿天，江楓漁火對愁眠」，江邊的楓葉時常勾引出古人的客愁。劉長卿這位旅人站在旅舍門口，看著一切景色都不如意，楓葉落了、城門閉了，連鳥都不理他，背對著他飛了。

另外，古人製作冬衣時須「擣衣」，即以杵捶在砧上擣布料。秋夜萬籟俱寂時，擣衣聲自然更加響亮，李白〈子夜吳歌．秋歌〉就說「長安一片月，萬戶擣衣聲」。劉長卿這時聽見擣衣聲，應該也忍不住會想：「我的家人是否也正在為我製作可以過冬的衣服呢？」

長沙過賈誼宅　唐．劉長卿

三年謫宦此棲遲，萬古唯留楚客悲。秋草獨尋人去後，寒林空見日斜時。
漢文有道恩猶薄，湘水無情弔豈知？寂寂江山搖落處，憐君何事到天涯！

劉長卿遭貶謫時在長沙經過西漢賈誼的故宅，有感而發此詩。賈誼於漢文帝時遭朝臣排擠而貶任長沙王太傅三年，他赴長沙途中於湘江之上作〈弔屈原賦〉，懷想楚人屈原不得志的一生。到任長沙後，見到被視為不祥之鳥的鵩鳥飛入屋舍，乃作〈鵩鳥賦〉，中有「庚子日斜兮，鵩集余舍」、「野鳥入室，主人將去」等句。

劉長卿將這些關鍵字一一寫入詩中，除了三年、楚客、漢文、湘水等詞，也將〈鵩鳥賦〉的句子改寫成「人去後」和「日斜時」。最後以宋玉的搖落悲秋作結，憐古人其實是同病相憐。從屈原、宋玉、賈誼到自己，這一條連貫的遭貶魯蛇鏈便如湘水從未斷絕，只是湘水無情，不知道千年來有多少人在河水上灑過眼淚。

恨別　唐・杜甫

洛城一別四千里，胡騎長驅五六年。草木變衰行劍外，兵戈阻絕老江邊。
思家步月清宵立，憶弟看雲白日眠。聞道河陽近乘勝，司徒急為破幽燕。

杜甫離開故鄉洛陽後，歷經任官、棄官，而後舉家流浪輾轉至成都，其中路途四千里，此時距安史之亂爆發已經五、六年。成都位於劍南關之外，所以說行到了「劍外」，這樣讀下來，便知道他引用宋玉的「草木變衰」，不只是感歎個人身世，也隱含了國家衰弱的憂思，因此再接著寫戰爭兵戈讓他在此江邊逐漸衰老。

這是杜甫寫詩的一大特色，「家」、「國」之思對他來說是難以分別的。一至四句，分別寫了家、國、家、國。第三聯寫「清宵」卻立、「白日」竟眠（果然是老人了），日夜顛倒思念流散各地的弟弟，這是寫家；末聯寫檢校司徒李光弼連戰皆捷，又是寫國。滿滿老文青貨真價實的亡國感。

杜甫另有兩首直接點出「悲秋」的名作，我們也讀一下。

九日藍田崔氏莊　唐・杜甫

老去悲秋強自寬，興來今日盡君歡。羞將短髮還吹帽，笑倩旁人為正冠。
藍水遠從千澗落，玉山高並兩峰寒。明年此會知誰健？醉把茱萸仔細看。

詩題「九日」說明這是九月九日重陽節，杜甫配戴了能驅邪的茱萸與朋友歡度佳節。據王隱《晉書》載，孟嘉為桓溫參軍時，桓溫與眾多僚屬一同登山，忽然一陣風來吹落了孟嘉的帽子，但孟嘉卻渾然不覺。這就是晉朝的名士風流了，誰會在乎帽子掉了這種小事？

這點杜甫就學不來，詩開頭就說「老去」所以悲秋，雖然勉強寬解心情，但是和朋友登山時還是倩請朋友幫他戴好帽子，不要露出日益稀疏的頭頂了。

前兩聯強顏歡笑之後，第三聯突然寫了藍水遠、玉山高這樣壯闊的景象，這個轉折出人意表，還以為杜甫真的要打起精神了，結果末聯又帶著無限哀愁：明年此時，這次聚會的人還有幾人健在呢？在那個兵荒馬亂的年代，這種擔憂人人都有，但平常卻不能輕易說出口，只能趁著幾分醉意對著茱萸自言自語。

登高　唐・杜甫

風急天高猿嘯哀，渚清沙白鳥飛回。無邊落木蕭蕭下，不盡長江滾滾來。
萬里悲秋常作客，百年多病獨登臺。艱難苦恨繁霜鬢，潦倒新停濁酒杯。

這首詩每一聯都是經典，喜歡詩詞的人不妨背下來。

杜甫晚年寓居夔州，重陽節照例登高望遠，抬頭是風、天、猿聲，低頭是渚（ㄓㄨˇ，水中沙洲）、沙、鳥影，可以想見杜甫衣帶飄飄站在山頭極目遠望——希望他的帽子不要掉了。想不到第二聯還可以更高更遠，彷彿是千里眼順風耳，無邊、不盡的落木蕭蕭、長江滾滾都聽見了也看見了。再多的人生苦難，都限制不了他的眼界。這裡的「木蕭蕭」可能取自屈原《九歌・山鬼》的「風颯颯兮木蕭蕭」，悽切迷離不可測度。

第三聯要反著讀，「作客」已是身不由己、一事無成，且是「常」作客，更是「悲秋」之時常作客，更何況是「萬里」之外悲秋之時常作客，他的悲傷一層更進一層。下一句亦同，登臺而不見家鄉，身旁無友人而獨登臺，獨登臺而多病，多病且是年老（百年）之軀。杜甫這兩句幾乎將〈九辯〉第一段寫盡了，這種悲秋的份量只有杜甫扛得起來。前三聯從風急天高、無邊不盡寫到萬里百年，結尾還可以更浩蕩無垠嗎？不，杜甫反而將視線拉回眼前的酒杯，而且是不存在的酒杯，他因又老又窮又病，此時已經戒酒了，連最後的寄託都消失無蹤，只留下了艱難苦恨。讀到我都快哭了。

〈恨別〉、〈九日藍田崔氏莊〉兩首的前三聯都對偶，這已經夠奇特，但這首〈登高〉更是每聯都對偶，而且每一聯的對法都不一樣，明朝胡應麟《詩藪・內編》就大讚「一篇之中句句皆律，一句之中字字皆律」，不僅是唐人七言律詩中的第一名，「此詩自當為古今七言律第一」，蓋章。

上汝州郡樓　唐．李益

黃昏鼓角似邊州，三十年前上此樓。
今日山川對垂淚，傷心不獨為悲秋。

安史之亂後，大唐帝國元氣大傷，除了仍須嚴防外患，因各地藩鎮割據，內亂也未曾止息。李益曾多年待在北方的河朔、幽州，以邊塞詩聞名，曾寫詩〈邊思〉自述：「腰懸錦帶佩吳鉤，走馬曾防玉塞秋。莫笑關西將家子，祇（ㄓ，只、僅有）將詩思入涼州。」雖然曾參與邊防，但卻無建功立業的機會，唯一能做的事只有寫寫涼州邊塞詩。

汝州位於今日河南，與邊塞相隔十萬八千里，為何李益在此地登樓時聽見鼓聲、角聲會覺得有如「邊州」呢？應該是當地也曾飽受戰火蹂躪，此時軍士仍無法鬆懈吧。但他又是為了何事對著山川垂淚呢？是憂國憂民、或是感嘆自己三十年來不受重用的遭遇？詩中沒有明說，不過我們都知道，「悲秋」只是個藉口，每個悲秋的文人都有各自的傷心事。

史書上對於李益的事蹟記載不多，只說當同輩都高居顯位，他仍然不受提拔才會遠走邊疆。不過這可能是因為他的風評不佳：據《舊唐書》載，李益性情多猜忌，他甚至因不信任妻妾，所以在窗戶旁灑上灰粉，讓他可以檢查有沒有旁人出入過她們的房間。這真的有病吧？沒錯，當時人就把「妒痴」這種病稱為「李益疾」。他後來雖然升官到禮部尚書，不過到了南宋胡仔《苕溪漁隱叢話》中仍然記得他是「痴妒尚書李十郎」。不知道他的垂淚傷心事跟他的病有沒有關係。

題外話，常有人問我：「古代文人怎麼賺錢？」解答：除了考上進士後領公務員薪水之外，還可以當網紅收贊助。據說李益的詩太有名了，當時每作一篇，宮中的教坊樂人會高價跟他買新寫好的詩，以求能儘早在宮中演唱。我想既然是要在宮中演唱的，稿費應該很滋潤。

秋日魯郡堯祠亭上宴別杜補闕范侍御　唐・李白

我覺秋興逸，誰云秋興悲？山將落日去，水與晴空宜。
魯酒白玉壺，送行駐金羈。歇鞍憩古木，解帶掛橫枝。
歌鼓川上亭，曲度神飆吹。雲歸碧海夕，雁沒青天時。
相失各萬里，茫然空爾思。

既然有那麼多文人悲秋，就一定會有人唱反調——李白當然最有資格。詩題中的補闕、侍御為官名，李白在杜、范兩位先生的秋天送別宴上寫詩，開頭便說：我覺得秋天最舒適安逸了，倒底是誰在悲秋呢？這個起手式就推翻了所有悲秋的論調，也一併逆轉了送別就該依依不捨的氣氛。

後面描述客人來到，隨手將衣服掛在樹枝上，宴會有佳景、有美酒、有神曲，開心得樂不可支啊，只可惜天黑了，雲歸雁沒，杜、范此去一別千里，何時才能再相見？不過宴後的「茫然」，是在盡興之後，因此也沒有遺憾了。

秋日、送別兩大詩詞的傷心主題，對詩仙來說都只是人間遊戲的一環。

秋風引　唐．劉禹錫

何處秋風至？蕭蕭送雁群。
朝來入庭樹，孤客最先聞。

秋天除了草木搖落，還有什麼景色好寫的？傳為漢武帝劉徹所作的〈秋風辭〉云：「秋風起兮白雲飛，草木黃落兮雁南歸。」從此之後，秋風一起，雁群南飛過冬便成詩詞中的寫作套路。將「雁群南歸」與「旅客難歸」合在一起寫的詩也很常見，例如韋應物〈聞雁〉說：「故園眇何處？歸思方悠哉。淮南秋雨夜，高齋聞雁來。」劉長卿〈晚次湖口有懷〉也寫：「白髮生扁舟，滄波滿歸路。秋風今已至，日夜雁南度。」

那麼劉禹錫這首詩有何特別？先說秋風至，再說雁群來，這都是陳腔，只是先以問句寫出，讓詩句不那麼平順無聊。重點是這秋風的聲音，他這位被貶官的朗州司馬「最先聞」，其他人說的秋風都不算數，只有我才是第一個聽到的。前人的詩讓他一掃而空，果然是「詩豪」，不寫一字悲而悲在其中。

古人評詩也多讚賞這句「最先聞」，因為一般寫手應該只會順著情緒說「不堪聞」，以為這樣才能說出孤獨旅客的傷心處，但只有說「最先聞」才能說明劉禹錫此時心情有多麼敏感。說得真好。

始聞秋風　唐・劉禹錫

昔看黃菊與君別，今聽玄蟬我卻回。五夜颼飀枕前覺，一年顏狀鏡中來。
馬思邊草拳毛動，雕眄青雲睡眼開。天地肅清堪四望，為君扶病上高臺。

心情低落時，非常推薦大家念念劉禹錫的詩，再怎麼不得志或年老多病，他總是可以找到重新振作的能量。這首詩將「秋風」擬人化，展開劉禹錫與秋風君的對話。一開始是西風的話：去年賞秋菊時與君告別，今年秋蟬一唱我又回來。接著劉禹錫說：深夜聽到颼飀（ㄙㄡ ㄌㄧㄡˊ，擬聲詞）聲，我就知道你回來了，但是照照鏡子，我這一年是不是憔悴了？但是身體可以憔悴，我的意志仍然堅定。涼爽的秋風吹拂，他這隻老馬開始想念邊塞的大草原、他這隻大雕睜開睡眼想要直上青雲。大家看看，同樣吹了秋風，劉禹錫愈吹愈精神。

最後說草木搖落了更好，這樣就沒有樹葉會阻擋我的視野了，為了秋風君，我即使抱病也要登上高臺，吹著更強勁的秋風，看著更遙遠的天地。

這個結語真是不得了，我想大家應該都可以讀出他和杜甫詩中隱藏的力氣，不是那些文弱書生可以比擬的。

劉禹錫另有一篇〈秋聲賦〉，因為篇幅比較長，可以更完整說明心情轉折。賦中塞外征人、閨中思婦，聽著「如吟如嘯，非竹非絲」的秋風聲，難免引發離愁，這種愁緒即使豁達如謝安恐也不能免。劉禹錫當然也有自己的悲慨，只是「異宋玉之悲傷」，他跟宋玉不同之處是自己「驥伏櫪而已老，鷹在韝而有情。聆朔風而心動，盼天籟而神驚」，仍有滿滿的鬥志，這幾句與此詩「馬思邊草拳毛動，雕眄青雲睡眼開」如出一轍。賦的結語說雖然多病且有志難伸，但「猶奮迅於秋聲」。雖然寫這首詩這篇賦時劉禹錫已近七十歲，但詩豪不是叫假的，果然豪情萬丈。

大家有空可以再比較宋朝歐陽脩的〈秋聲賦〉，就比較……文人一點。「商聲主西方之音」、「商，傷也；物既老而悲傷」，西風的話就是悲傷的聲音，此時「百憂感其心，萬事勞其形」，心力交瘁。我最喜歡賦的結尾，歐陽脩長篇大論之後，轉頭一看童子，「童子莫對，垂頭而睡」，聽到睡著了。他只能聽著「四壁蟲聲唧唧，如助余之歎息」。

秋詞二首　唐・劉禹錫

自古逢秋悲寂寥，我言秋日勝春朝。晴空一鶴排雲上，便引詩情到碧霄。

山明水淨夜來霜，數樹深紅出淺黃。試上高樓清入骨，豈如春色嗾人狂。

聞秋聲而不悲，只有劉禹錫可以跟李白相提並論，而且他們同樣自信爆表：李白說「我覺」、劉禹錫說「我言」秋天比較好——我說了算。

這兩首詩很白話，只要知道嗾（ㄙㄡˇ）是教唆、唆使之意，對劉禹錫而言，秋風不是冷入骨而是清入骨，多麼清爽。相較之下，春風只會讓人發狂，就如初唐劉希夷〈代悲白頭翁〉說「洛陽城東桃李花，飛來飛去落誰家？洛陽女兒惜顏色，行逢落花長嘆息」，有人為戀愛發狂；王維〈洛陽女兒行〉則說「狂夫富貴在青春，意氣驕奢劇季倫」，也有人為富貴發狂。（季倫指西晉石崇，以炫富聞名。）

另外，「晴空一鶴排雲上」的形象有沒有讓你想到日本航空尾翼上的紅鶴？以後搭機去日本賞楓「數樹深紅出淺黃」時，在機上也念幾首詩吧，體會一下「便引詩情到碧霄」。

玉蝴蝶 宋・柳永

望處雨收雲斷，憑欄悄悄，目送秋光。晚景蕭疏，堪動宋玉悲涼。水風輕、蘋花漸老，月露冷、梧葉飄黃。遣情傷。故人何在，煙水茫茫。

難忘。文期酒會，幾孤風月，屢變星霜。海闊山遙，未知何處是瀟湘！念雙燕、難憑遠信，指暮天、空識歸航。黯相望。斷鴻聲裡，立盡斜陽。

柳永是宋朝的流行歌天王，據宋人葉夢得《避暑錄話》載：「凡有井水飲處，即能歌柳詞。」也就是所有的飲料店，都播著柳永填詞的歌曲。不過就像其他著名文人一樣，柳永也一生鬱鬱不得志，但這只能怪他的個性輕佻浮薄，倒不是宋朝皇帝不懂得提拔人才。

本詞是柳永抒發「羈旅而無友生」的感慨。《詩經．邶風．柏舟》：「憂心悄悄，慍于群小。」這個秋天柳永也倚著欄杆憂心悄悄，想起了宋玉。上片以風輕、花老、露冷、葉黃烘托冷清的氣氛。下片的「瀟湘」取自南朝梁柳惲〈江南曲〉「洞庭有歸客，瀟湘逢故人」，想念在遠方的故人；「歸航」取自南朝謝朓詩「天際識歸舟，雲中辨江樹，旅思倦搖搖，孤游昔已屢」，表達自己長久眺望，終是自己孤身一人。

流行歌也用了這麼多典故，真是為難人。

水調歌頭 宋．米芾

（中秋）

砧聲送風急，蟋蟀思高秋。我來對景，不學宋玉解悲愁。收拾淒涼興況，分付尊中醽醁，倍覺不勝幽。自有多情處，明月掛南樓。

悵襟懷，橫玉笛，韻悠悠。清時良夜，借我此地倒金甌。可愛一天風物，遍倚欄杆十二，宇宙若萍浮。醉困不知醒，欹枕臥江流。

米芾是北宋四大書法家「蘇（軾）、黃（庭堅）、米、蔡（京）」之一，據說蘇軾評價米芾的書法「風檣（風帆）陣馬（戰馬），沉著痛快」，我們讀他這首詞，果然也不拖泥帶水。只看他選取的場景，如風急、砧聲、蟋蟀聲、醽醁（ㄌㄧㄥˊ ㄌㄨˋ，美酒）、金甌（ㄡ，酒杯），同樣也遍倚欄杆，還以為又是一個借酒澆愁的失意文人，但他卻偏偏說「不學宋玉解悲愁」。

蘇軾著名的〈水調歌頭〉埋怨中秋明月「不應有恨，何事長向別時圓」，米芾則說，明月對人間一點怨恨都沒有，明月是因為「多情」才在中秋夜來陪我們。所以他在月下飲酒吹笛，讚嘆「可愛一天風物」，喝茫了，索性在江流旁和衣睡著了。

蘇軾〈西江月〉序中說他在黃州時，也曾「酒醉，乘月至一溪橋上」，然後在山中睡到天亮，醒時見「亂山攢擁，流水鏘然，疑非塵世也」。米芾這闕中秋詞讀來也有「疑非塵世也」的迷離夢幻感。

憶王孫　宋．辛棄疾

（秋江送別，集古句）

登山臨水送將歸。悲莫悲兮生別離。不用登臨怨落暉。昔人非。唯有年年秋雁飛。

「集句」乃集古人文句而成一首新詩詞的寫作方法，考驗著作者能否信手捻來卻又渾然天成。

詞牌「憶王孫」隱含「招王孫歸隱」之意。辛棄疾這首秋日送別友人詞的首句即取自宋玉〈九辯〉「憭慄兮若在遠行，登山臨水兮送將歸」，完全切合送別的主旨。

次句取自屈原〈九歌．少司命〉「悲莫悲兮生別離，樂莫樂兮新相知」，可見生別離的兩人是知己。

第三句取自杜牧〈九日齊山登高〉「但將酩酊酬佳節，不用登臨恨落暉」，呼應首句的登山臨水，並可想見他們有一場送別酒宴。

末句取自李嶠〈汾陰行〉「山川滿目淚沾衣，富貴榮華能幾時，不見祇今汾水上，唯有年年秋雁飛」，兩人可能厭倦官場生涯，送別時相對淚千行。李嶠這四句極有名，據唐人孟棨《本事詩》載，天寶末年，玄宗聽梨園弟子唱歌到此四句時「淒然泣下」，並說：「李嶠真才子也。」安史之亂後玄宗至蜀避難，再唱起〈汾陰行〉，又說一次「李嶠真才子」，隨侍的高力士在旁也一同流淚。

第四句「昔人非」比較麻煩，因為這是從某首詩詞擷取三字而來，很難確指是哪首詩詞，只要能合理解釋即可。我提供幾種可能：

宋初徐鉉〈送曾直館歸寧泉州〉云「卻笑遼東千歲鶴，下來空歎昔人非」。相傳遼東人丁令威離家學成仙之道，千年後化成一隻鶴返鄉，只見人事已非。在辛詞中便指友人不須化鶴才能返鄉，因此不見鶴而只見秋雁南飛。

蘇軾〈八聲甘州〉亦是在江邊告別友人，先寫「有情風萬里卷潮來，無情送潮歸」，後說「問錢塘江上，西興浦口，幾度斜暉？不用思量今古，俯仰昔人非」。在辛詞中也是接續前句的「落暉」，然後說昔人已去，不用再多討論，今後年年秋雁飛時都會想念友人。

蘇軾〈清平調引〉說「江山猶是昔人非」，這個說法最單純，辛詞前有江有山，但友人將去所以「人非」，江上只見秋雁飛。

沒有對錯，大家自行選擇判斷囉！

踏莎行　宋・辛棄疾

（庚戌中秋後二夕帶湖篆岡小酌）

夜月樓臺，秋香院宇。笑吟吟地人來去。是誰秋到便淒涼？當年宋玉悲如許。

隨分杯盤，等閒歌舞。問他有甚堪悲處？思量卻也有悲時，重陽節近多風雨。

本詞乍看之下，也是要推翻宋玉的悲秋之嘆，是誰淒涼？有甚悲處？不過辛棄疾在帶湖別墅的篆岡小酌之後，看著眼前的杯盤歌舞，「笑吟吟地人來去」，想著想著，悲從中來，結語便借用了北宋潘大臨（字邠老）的名句「滿城風雨近重陽」。

「風雨」到底指何事？是個人際遇還是國家存亡？辛棄疾一字不提，豪放的詩人也有含蓄處。不過話只說一半，讀起來還是有點討厭。

十二

巫山雲雨：最強AI的即時問答

關鍵詞【#宋玉、#楚襄王、#高唐、#巫山十二峰、#陽臺、#神女、#朝雲暮雨】

故事

跟早期的AI對話時，常得到一些莫名其妙的回答，例如：

我：「請說明台灣作家趙啟麟的作品《大人的詩塾》和《盛唐五人團》這兩本書對學生和教師的影響？」

AI開始編故事：「趙啟麟經由深入的人物刻畫、豐富的情節和深刻的主題，在臺灣文學界具有一定的影響力，尤其對於學生和教師有著特殊的意義。這兩本書不僅擴展了讀者的視野，也豐富了他們的心靈世界，同時為教師提供了寶貴的教學資源。」

隨著AI的進化，他們（？）已經愈來愈少亂回答了，好可惜。

幸好，我們還有賦可以讀。很多賦會採用問答體，而且，他們生成的回答也非常天馬行空。

據說戰國末期楚襄王與國內最強人體AI宋玉一同到雲夢臺遊覽，當他們遠遠眺望著高唐觀時，看見上面有須臾之間就變化無窮的雲氣。

襄王問：「這是什麼雲氣？」

宋玉AI有問必答：「這是所謂的『朝雲』。」

王又問：「何謂『朝雲』？」

宋玉AI開始說故事：「先王曾到高唐觀遊覽，不過體力不支，雖然是大白天的，先王不僅睡著了，還做了一個夢，夢中有一位婦人說：『妾是巫山之女，現在於高唐作客，聽說大王來遊高唐，願薦枕席。』」

幫宋玉補充一下，「先王」有一說為襄王的父親楚懷王，而這位巫山之女是「瑤姬」，本是上古炎帝之女，葬於巫山之陽（南面）。

另外，「薦」是進獻的意思，「薦枕席」不是要送枕頭、被子給先王，而是指陪寢。古代女性睡覺時好像很會認枕頭，不是自己的枕頭就睡不好，所以連幽會時都要自備枕頭。例如唐代元稹《鶯鶯傳》也寫鶯鶯與張生幽會時，紅娘先是帶著枕頭、被衾來找張生，再把鶯鶯抱進房。

李白則結合瑤姬、朝雲、楚王、錦衾等情節，寫了〈感興六首〉其一：「瑤姬天帝女，精彩化朝雲。宛轉入宵夢，無心向楚君。錦衾抱秋月，綺席空蘭芬。茫昧竟誰測，虛傳宋玉文。」

宋玉繼續對楚襄王說：「婦人在夢中陪寢，不知過了多久，她要離去時說：『妾在巫山之陽，高丘之阻（險要處），旦為朝雲，暮為行雨。朝朝暮暮，陽臺之下。』先王醒來後，發現此處果然是白天有雲、晚上便下雨，因此派人修建了一座廟，名為『朝雲』。」

襄王這時已被勾起興致了，他問：「朝雲長什麼樣子？」

宋玉答：「晳兮若姣姬，揚袂鄣日而望所思……」

襄王不等宋玉說完就打斷他：「說白話。」

宋玉答：「好的，白話如下：朝雲白晳明亮，便如一美麗女子揚起袖子，遮住日光，像在遠望她思念的人。」

襄王聽得意猶未盡，問宋玉：「高唐觀的環境如何？」

宋玉答：「高矣顯矣，臨望遠矣！廣矣普矣，萬物祖矣！上屬於天，下見於淵，珍怪奇偉，不可稱論。」

「不可稱論」就是言語難以形容，襄王對宋玉AI的答案不太滿意：「說白話，以下對話請比照辦理。」

宋玉說：「好的，以下是我為您重新整理的答案。

那裡大風一起，水波激盪的霈霈巨響，讓虎豹豺兕東躲西藏，鵰鶚鷹鷂低竄高揚。

山坡上的花草樹木即使在冬天仍然茂盛，煌煌熒熒（ㄧㄥˊ）鮮豔繽紛，但是風吹過樹林的聲音，感心動耳，迴腸傷氣，可以讓孤子寡婦寒心酸鼻，使官員賢士歎息垂淚。

登上高處，磐石險峻、巨巖參差，站在懸崖峭壁邊上，讓人足底冒汗，悠悠忽忽神智不清，悵然若失，又使人心動，無故自恐。

終於上至高唐觀，地勢平坦，秋蘭、茝蕙、江離草香氣撲鼻，黃鸝、雎鳩、子規鳥百鳥和鳴。」

襄王一聽，心想原來女神不是住在山明水秀的地方，地勢這麼險峻，難怪先王登山後會累到睡著。他又問宋玉：「我也可以去見巫山神女嗎？要做哪些行前準備？有什麼好處？」

宋玉答：「當然可以。

行前準備：出發前要選擇良辰吉日，齋戒沐浴洗香香。

您能獲得的好處：回來後神清氣爽，可以為國著想、認真工作，廣納天下賢人志士，延年益壽千萬歲。」

襄王顯然只有聽到最後一句，不禁大呼：「那我還不每天去？」

不過襄王顯然忘了，先王就算見了神女也並未長命百歲。

但是，日有所思，夜有所夢，故事的轉折就是這麼大。

隔天一早，襄王傳令宋玉來見，對他說：「我夢見巫山神女了。」

宋玉很好奇問：「神女長什麼樣子？」

襄王說：「八個字，茂美盛麗，瑰姿瑋態。你解釋一下。」

宋玉AI一笑，這題太簡單了：「沒問題，將字重新排列即可，『茂盛』，大也，『茂盛美麗』，大美女也。『瑰瑋』，美玉也，『瑰瑋姿態』，美人如玉也。大王可以再說一下神女剛出現的樣子嗎？」

襄王回憶：「剛開始其實看不太清楚，白日初出照屋梁，靠近一點之後光線減弱，皎若明月舒其光。你再解釋一下。」

宋玉一聽就懂：「也就是大王幫神女拍了兩張逆光網美照。那神女穿什麼衣服？」

襄王再出一題：「穠不短，纖不長，婉若游龍乘雲翔。」

這次宋玉AI自己主動回答了：「神女是名模身材，穿厚重大衣不顯矮胖，穿輕薄衣服也不會太過瘦長，就像一條軟Q的龍乘著雲在天空飛翔。」

襄王聽了很滿意，想起來不只可以向AI提問，還可以請AI寫文章，因此跟宋玉描述了整個夢境，然後說：「你幫我寫成一篇小日記。」

宋玉AI說：「沒問題，以下是您要的小日記。

神女這位大美女該如何形容呢？這樣說吧，古代越國有兩大美女毛嬙和西施，但是兩人見了巫山神女之後，毛嬙舉袖遮臉，西施以手掩面，自慚形穢。她的眸子清澈，眼睛明亮，蛾眉彎彎，朱唇紅紅。她的面相是『應君之相』，只有君王能夠匹配。她的氣質既適合在幽靜處安閒自處，又適合在人間婆娑盤旋。

神女徐步向我走來，身上的玉佩珊珊作響。她看著我的帷帳，眼中有水波流轉。她整理了一下衣裙，像是看著我、又像看著遠方，彷彿要走向我、又彷彿將離去。我正想向她告白，希望她以身相許，她卻突然說要走了，口中吐出蘭花的香氣。我一時失魂落魄，煢煢（ㄑㄩㄥˊ）無依，忍不住長聲嘆息。神女表情似乎有點生氣，轉身離開，坐上馬車後卻又含情脈脈看了我一眼。

我終於明白何謂迴腸傷氣，顛倒失據，天地突然陷入一片漆黑，然後獨自垂淚到天明。」

故事到此戛然而止，襄王已經沒有問題要問宋玉了。

宋玉也陷入沉默，襄王已經忘了前一天說的「為國著想認真工作，廣納天下賢人志士」，堂堂一國之君，只為了神女不肯薦枕席而流淚，能力再強的AI也無言以對。宋玉臉上浮出有點生氣的表情，也想轉身離開，但又含情脈脈看了楚襄王一眼。

自從宋玉說了這個故事之後，後世文人愛到了極點，輕易就可以選出一百首。不過就像杜甫〈詠懷古跡五首〉（其二）所說：「江山故宅空文藻，雲雨荒臺豈夢思。最是楚宮俱泯滅，舟人指點到今疑。」多數人只將這個夢境當成愛情故事，難怪楚國會亡國了。

最懂杜甫的李商隱在〈有感〉也說：「非關宋玉有微辭，卻是襄王夢覺遲。一自高唐賦成後，楚天雲雨盡堪疑。」宋玉另有一篇〈登徒子好色賦〉，旁人形容宋玉「為人體貌閒麗，口多微辭」，宋玉AI大帥哥喜歡批評時政，但李商隱說其實沒人關心宋玉對楚王的「微辭」（用迂迴的方式批評），只要楚地雲起雨落，大家便浮想聯翩。

不過，與女神在夢中見，而女神婉若游龍，這兩點是不是讓你想到了曹植的〈洛神賦〉？對了，還跟枕頭有關，大家可以在「韓壽偷香」這一章的李商隱詩中大概複習一下，或是去問問你常用的AI。

※本篇故事參考宋玉〈高唐賦〉和〈神女賦〉、《文選》李善注

詩詞

清平調詞三首　唐・李白

雲想衣裳花想容，春風拂檻露華濃。若非群玉山頭見，會向瑤臺月下逢。

一枝紅豔露凝香，雲雨巫山枉斷腸。借問漢宮誰得似？可憐飛燕倚新妝。

名花傾國兩相歡，長得君王帶笑看。解釋春風無限恨，沈香亭北倚闌干。

據說李白在宮中任翰林供奉時，唐玄宗得到紅色、紫色、淺紅色、白色的數本珍貴牡丹花，命人植於興慶池東的沉香亭前。這天晚上繁花盛開，玄宗與楊貴妃便在沉香亭上賞花，亭下梨園弟子本來要演奏音樂，讓宮中第一男歌手李龜年唱歌助興，但是玄宗喊停：「賞名花，對妃子，怎能唱舊詞？」因此要李龜年宣李白立即進宮。

這時李白可能正在「長安市上酒家眠」，仍然被人扶進了皇宮，半醉半醒之間聽了玄宗的旨意，拿起筆頃刻間就寫好這三首詞。李龜年和樂工略微練習一下，便唱了起來。玄宗和貴妃細聽歌詞，笑得合不攏嘴，玄宗甚至一時技癢，取過玉笛親自演奏。第一首以牡丹花，以及群玉山、瑤臺的仙女比喻楊貴妃。第二首說貴妃天天陪著玄宗，玄宗不必像楚襄王一樣為巫山神女傷心斷腸，且貴妃天生麗質，不像漢成帝旁的趙飛燕還要化妝才是美人。第三首說兩人天天開心，完全化解了春風引起一般人的春恨。

又據說玄宗從此對李白寵愛有加，不過高力士可就吃醋了，他跟貴妃嚼舌根：「李白是在汙辱貴妃啊，趙飛燕可是禍國妖姬，李白用她跟貴妃相提並論，真是居心叵測。」因此玄宗三次欲提拔李白，都讓貴妃勸阻了。這個故事不太可信，但卻流傳極廣，大家當成八卦聽聽就好。

巫山曲　唐．孟郊

巴江上峽重復重，陽臺碧峭十二峰。荊王獵時逢暮雨，夜臥高丘夢神女。

輕紅流煙濕艷姿，行雲飛去明星稀。目極魂斷望不見，猿啼三聲淚滴衣。

孟郊就是杜甫所說指指點點的舟人。「荊王」即楚王，孟郊旅遊到了巫山，馬上就想起了「巫山之陽，高丘之阻，朝朝暮暮，陽臺之下」的神女傳說。

頸聯說神女「暮為行雨」，所以出現時帶著煙霧濕氣，身上還有幾片落紅花瓣；離去時「旦為朝雲」，星星都已隱沒，神女化為行雲飛去。極目望向遠方也望不見神女，氣傷魂斷，連巫山的猿猴都忍不住悲啼。最後一句改寫自《水經注》的漁歌：「漁者歌曰：巴東三峽巫峽長，猿鳴三聲淚沾裳。」孟郊則為猿鳴找到了理由，也算是多情了。

第二句很多人念了都不知道到底是哪「十二峰」？元人劉壎《隱居通議》中說，他本來也不知道，直到看了一張〈蜀江圖〉才知道，然後將峰名排列組合成六句，這樣比較好記，雖然我不知道有誰會想特別記住就是了：筆峰獨秀，集仙起雲，登龍望霞，盤龍翠屏，聚鶴棲鳳，松巒仙人。

另外，神女天黑才來，來如春夢，天明即去，去如朝雲，這些情節讓我總是想到白居易〈花非花〉這首名作，雖然這首詩寫得很隱晦，讓人摸不著頭緒，但很適合在這裡一併念念：

花非花，霧非霧，夜半來，天明去。
來如春夢幾多時，去似朝雲無覓處。

離思五首（其四） 唐・元稹

曾經滄海難為水，除卻巫山不是雲。
取次花叢懶回顧，半緣修道半緣君。

這是一首悼念亡妻韋叢的詩。

他們婚後的生活相當清苦，元稹在另一組悼亡詩〈遣悲懷〉回憶：「謝公最小偏憐女」，韋叢婚前就如謝安最偏愛的小女兒，但是「自嫁黔婁百事乖」，我就像是古代的窮鬼黔婁，讓妻子諸事不順。「顧我無衣搜藎篋（ㄐㄧㄣˋ ㄑㄧㄝˋ，草箱）」，見我沒有衣服穿了就去翻箱倒櫃，大概連嫁妝都翻出來了，「泥（ㄋㄧˋ）他沽酒拔金釵」，我想喝酒時還會纏著她賣掉僅餘的金釵。

這樣看來元稹似乎是個渣男，不過他懷念亡妻的悲痛應該是真切的。

這首詩的第一句取自《孟子．盡心篇》：「觀於海者難為水，遊於聖人之門者難為言。」第二句取自巫山的朝雲。雖然將聖人與巫女這兩者放在一起類比有點不倫不類，但我們大概可以了解元稹的意思是：滄海、巫山雲都是天下最大最美的事物，曾經有幸見過，則其他事物都微不足道。他經過花叢時根本懶得看一眼這些爭奇鬥艷的花朵，一半是因為奉佛修道，一半則是因為心中只有亡妻。

有時我們讀詩不能太考究詩人的生平，不管元稹後來有多少風花雪月，至少，寫這首詩的當下是誠摯而感人的。

無題二首　唐・李商隱

鳳尾香羅薄幾重，碧文圓頂夜深縫。扇裁月魄羞難掩，車走雷聲語未通。
曾是寂寥金燼暗，斷無消息石榴紅。斑騅只繫垂楊岸，何處西南待好風？

重幃深下莫愁堂，臥後清宵細細長。神女生涯原是夢，小姑居處本無郎。
風波不信菱枝弱，月露誰教桂葉香？直道相思了無益，未妨惆悵是清狂。

李商隱與杜牧合稱「小李杜」，我覺得這不僅形容李商隱的才華之高，也形容李商隱的詩與李白的詩一樣，真想讀懂，少讀點書都不行。前幾首詩都是以男性視角看巫山雲雨，那麼女性如何想？第一首詩說女主角在深夜不眠，卻縫補著華美的羅帳，想起與情郎的最後一面：當時她因害羞而拿著團扇遮面，情郎卻在馬車中沒有留下隻言片語就走了。

「扇裁月魄」即團扇、月扇，典出西漢班婕妤〈怨歌行〉：「裁為合歡扇，團團似明月。出入君懷袖，動搖微風發。」這把扇子本來春夏應該時時在情郎的懷中，隨時可以搖出微風，但秋天恐怕就會被拋棄了。「車走雷聲」典出陳阿嬌失寵於漢武帝後，請司馬相如撰寫〈長門賦〉：「雷殷殷而響起兮，聲象君之車音。」轟隆隆的雷聲，就像跑車低沉作響的引擎聲。

女主角獨守空閨直到夏天石榴花紅，情郎仍在外遠遊，如王維說咸陽游俠只顧著「相逢意氣為君飲，繫馬高樓垂柳邊」。既然團扇無法長守在情郎身邊，不如化作一陣西南風吹入情郎懷中？

「班騅」典出樂府〈明下童曲〉：「陸郎乘班騅。徘徊射堂頭，望門不欲歸。」李賀〈夜坐吟〉也寫過這位去矣不欲歸的陸郎：「明星爛爛東方陲，紅霞稍出東南涯，陸郎去矣乘斑騅。」「西南待好風」典出曹植〈七哀詩〉：「君行逾十年，孤妾常獨棲。……願為西南風，長逝入君懷。」

第一首鋪陳女主角的處境之後，第二首則描寫她的心境。深夜不寐，細細思量，神女與楚王的相會原來是夢境一場，自己本如清溪小姑仍是孤身一人。

「莫愁堂」典出樂府〈河中之水歌〉：「河中之水向東流，洛陽女兒名莫愁。莫愁十三能織綺，十四採桑南陌頭，十五嫁為盧家婦，……人生富貴何所望，恨不早嫁東家王。」莫愁女雖居於豪宅卻仍寂寞。「小姑居處本無郎」典出樂府〈清溪小姑曲〉：

「開門白水，側近橋梁。小姑所居，獨處無郎。」

獨身女子易受欺侮，就如風波也來考驗柔弱的菱枝，月露卻不滋潤桂葉使其散發芳香。雖然相思無益，但相思後的惆悵才能見出她不悔的清狂。

「神女生涯原是夢，小姑居處本無郎」、「直道相思了無益，未妨惆悵是清狂」這兩聯是大家琅琅上口的名句，但現在兩首讀完，應該都知道其中的情感有多麼糾結了。

不過這兩首詩到底是單純描寫閨怨，或是李商隱以怨婦自比受君王冷落？就如李商隱其他的無題詩一樣很難確指。大家可以再讀讀他的另一首〈楚吟〉，然後知道文人想到宋玉時不可能「莫愁」的，不只是秋天悲哉，一遇黃昏雨，無愁亦自愁，寫他人亦是寫自己：

山上離宮宮上樓，樓前宮畔暮江流。
楚天長短黃昏雨，宋玉無愁亦自愁。

長相思　唐・白居易

深畫眉，淺畫眉。蟬鬢鬅鬙雲滿衣。陽臺行雨回。
巫山高，巫山低。暮雨瀟瀟郎不歸。空房獨守時。

好的，「巫山神女」到了中晚唐，人設（仙設？）已經從仙女完全轉型成熟女怨婦了。

畫眉本是閨房情趣，據說西漢時任京兆尹的張敞即擅長為妻子畫眉。朱慶餘〈閨意獻張水部〉也說：「妝罷低聲問夫婿：畫眉深淺入時無？」不過白居易詩中的女主角獨守空房，到底眉毛要畫得深一點、淺一點？卻是沒有人可以詢問。

鬅鬙（ㄆㄥˊ ㄙㄥ），頭髮散亂不整貌。她只能獨自回想丈夫還在身邊時，有如神女與楚王在巫山陽臺的雲雨相會。然後黃昏雨下來了，閨婦無愁亦自愁。

雖然白居易與李商隱同樣是寫「居處本無郎」、「郎不歸」的怨婦，但是白居易應該沒有個人身世寄託之慨。老白在〈寄殷協律〉（多敘江南舊遊）中有句：「吳娘暮雨瀟瀟曲，自別江南更不聞。」其下自註：「江南吳二娘曲詞云：暮雨瀟瀟郎不歸。」他曾任杭州、蘇州刺史，對於江南風光念念不忘，此詞〈長相思〉應是他當年寫給江南歌姬吳二娘演唱的一首詞。

白居易的好哥兒們劉禹錫也覺得巫山神女的人設很有問題，仙女怎麼可能看上凡人楚襄王？所以到訪巫山神女廟之後寫了這首詩，我們一併念念：

〈巫山神女廟〉

巫山十二鬱蒼蒼，片石亭亭號女郎。曉霧乍開疑卷幔，山花欲謝似殘妝。
星河好夜聞清佩，雲雨歸時帶異香。何事神仙九天上，人間來就楚襄王。

卜算子慢　宋・柳永

江楓漸老，汀蕙半凋，滿目敗紅衰翠。楚客登臨，正是暮秋天氣。
引疏砧、斷續殘陽裡。對晚景、傷懷念遠，新愁舊恨相繼。

脈脈人千里。念兩處風情，萬重煙水。雨歇天高，望斷翠峰十二。盡無言、誰會憑高意？縱寫得、離腸萬種，奈歸雲誰寄？

這首詞有許多我們已經熟悉的詩詞老朋友了。滿目江楓已是敗紅，汀蕙已成衰翠，既然草木已經搖落而變衰，所以我們知道作者要開始登山臨水而悲秋了。且聽夕陽下的擣衣砧聲，真是勾起新愁引來舊恨。

果然是流行天王啊，每一句都落入俗套——流行不能出奇制勝，俗套才可以讓聽眾輕易融入感情。

柳永與心愛的人相隔千里，想必對方也正想念他，所以人雖隔千里煙波，而兩處皆有風情。為何知道他是寫心愛的人？因為他登高遠望時，所有的山巒在他眼中都是巫山十二峰，只恨這些雲朵無法為他捎去痴心的衷腸密語，留下他這個斷腸人在天涯。

臨江仙　宋．晏幾道

鬥草階前初見，穿針樓上曾逢。羅裙香露玉釵風。靚妝眉沁綠，羞臉粉生紅。

流水便隨春遠，行雲終與誰同？酒醒長恨錦屏空。相尋夢裡路，飛雨落花中。

先據南朝梁人宗懔的《荊楚歲時記》說明兩個古代婦女的遊戲。

五月五日「鬥草」：「謂之浴蘭節。四民並蹋（通「踏」）百草之戲。」春天婦女出遊，採拾百草，回家後在庭院比較誰採到的花草種類較多。

七月七日「乞巧」：「是夕，人家婦女結綵縷，穿七孔針，或以金銀鍮石為針，陳几筵酒脯瓜果於庭中以乞巧。」對月穿針，如果成功就能求得好姻緣。

「小晏」晏幾道的父親「大晏」晏殊曾官至宰相，雖然僅一代人的時間便家道中落，然而小晏畢竟是在富貴人家成長，詩詞中沒有一點寒酸氣，詩詞中盡是痴情。南宋王灼《碧雞漫志》說小晏的詞：「如金陵王謝子弟，秀氣勝韻，得之天然，將不可學。」說得真好。

他在這首詞中回憶，與這位女孩兒從五月初見到七月重逢，女孩兒總是香香的，雖然仔細畫了靚（ㄐㄧㄥˋ）妝，臉上卻掩不住害羞而紅通通的。然後情節突然跳到現在，春天和女孩兒都已如流水一去不回，那位「旦為朝雲，暮為行雨」的美麗神女去了誰的身旁？酒醒之後只見屏風不見佳人，只能如楚王一樣再到夢中尋找。

「相尋夢裡路，飛雨落花中」，末二句寫得哀而豔。夢境本已虛幻不可憑藉，即使如此，依然執著的要在夢裡路中尋找對方，這是絕望的人僅存的安慰。而夢裡路上的風景呢？或許也是秦觀〈點絳脣〉寫的「山無數，亂紅如雨」。

兩人是否曾有過一段戀情？小晏委婉，一句都沒提，反而讓這闕詞的相思之情更加純粹濃郁，小晏在這首詞放了大絕招。相較之下，雖然同是傷春，杜甫「一片花飛減卻春，風飄萬點正愁人」也是千古名句，但讀起來總是硬梆梆的。

蝶戀花 宋・蘇軾

記得畫屏初會遇。好夢驚回，望斷高唐路。燕子雙飛來又去，紗窗幾度春光暮。

那日繡簾相見處，低眼佯行，笑整香雲縷。斂盡春山羞不語，人前深意難輕訴。

蘇軾除了「大江東去」那類豪放詞，也寫了不少婉約詞喔，或許是學校老師不想破壞他的形象，所以這類詞大家比較少機會念。

上片男女從初會、夢醒如高唐一夢、到燕子幾度春又回；下片則工筆細寫了當年烙印下的女孩害羞形象。詞中的「春山」不是王維「夜靜春山空」的實指，而是像卓文君「眉色如望遠山」的青黛色眉毛，一如蘇軾的老師歐陽脩說的「春山斂黛低歌扇」。前一首小晏詞也寫「眉沁綠」，這應該是當年流行的眉妝。

結語說女孩「人前深意難輕訴」，所以害羞不語，這就不知道是不是蘇軾自作多情了。不過能令蘇軾幾年後仍填進詞中，想必是相當美麗的女孩。

西江月　宋・蘇軾

玉骨那愁瘴霧，冰肌自有仙風。海仙時遣探芳叢，倒掛綠毛么鳳。
素面常嫌粉涴，洗妝不褪脣紅。高情已逐曉雲空，不與梨花同夢。

蘇軾有一侍妾名為朝雲，據他撰寫的墓誌銘所云，朝雲字子霞，姓王氏，陪伴蘇軾二十三年，香消玉殞時僅三十四歲。

另據〈朝雲詩〉引言，蘇軾原有數名侍妾，但在四、五年間相繼辭去。蘇軾南貶到惠州（今廣東）時，眾人畏懼嶺南的烏煙瘴氣，此時蘇軾的夫人王氏已過世，獨有朝雲願隨蘇軾南遷。蘇軾很高興地寫詩贈朝雲：「經卷藥爐新活計，舞衫歌扇舊因緣。丹成逐我三山去，不作巫陽雲雨仙。」看來朝雲能歌善舞，且兩人情投意合，應該是前世〈舊因緣〉就結下的緣分。蘇軾說我會好好煉丹藥的，以後妳就跟我一起成仙去遨遊海上三仙山吧，豈不好過回到巫山行雲佈雨？

據說朝雲頗為多愁善感，某日無邊落木蕭蕭下的深秋時分，人在惠州貶所的蘇軾不想沉浸於悲秋的情緒，便要朝雲唱一首自己寫的春詞〈蝶戀花〉，希望能帶來一點春天的氣息，但是朝雲唱到「枝上柳綿吹又少，天涯何處無芳草」這兩句時淚流滿面，哽咽無法再唱，蘇軾苦笑說：「我正悲秋，妳卻傷春。」

「丹成逐我三山去」這個願望是無法實現了，朝雲便是在惠州辭世，蘇軾傷心寫下

悼亡詩云：「傷心一念償前債，彈指三生斷後緣。」朝雲不是蘇軾明媒正娶，身分始終是一侍妾，她亦能讀懂佛經，或許此生是來償還前世舊債？在蘇軾眼中，朝雲的付出和情義，早已在短短的生命中償還了三生前債，希望來世兩人再無緣分，不要跟著他過苦日子了，蘇軾也在朝雲亡後從此不願再聽他自己寫的〈蝶戀花〉春詞。

據說這首〈西江月〉表面是寫惠州的梅花，實則亦是悼念朝雲。

惠州多瘴霧，但玉骨冰肌的梅花卻自帶仙氣，連海上的神仙都派遣「倒掛子」這種綠毛小鳳凰來一親芳澤。梅花天生麗質不須在臉上撲粉，甚至會嫌妝粉弄髒（涴，ㄨㄛˋ）她的臉，但奇怪的是她洗臉之後，雙脣仍是紅嫩。據說唐人王昌齡（一說王建）有詠梅花詩句「落落寞寞路不分，夢中喚作梨花雲」，可惜我身邊梅花的高潔情懷已如曉雲（即朝雲）消逝無蹤，而我也不像王昌齡還能夢見梅花了。

蘇軾另有一首〈洞仙歌〉寫後蜀花蕊夫人：「冰肌玉骨，自清涼無汗。水殿風來暗

香滿。」大約「冰肌玉骨」是蘇軾對女性最高的讚賞。

南歌子 宋・秦觀

靄靄迷春態，溶溶媚曉光。不應容易下巫陽。只恐翰林前世是襄王。

暫為清歌駐，還因暮雨忙。瞥然飛去斷人腸。空使蘭臺公子賦高唐。

秦觀及黃庭堅、張耒、晁補之合稱「蘇門四學士」，與蘇軾的師生關係相當密切，自然也有機會見過朝雲。宋人嚴有翼《藝苑雌黃》認為〈南歌子〉此詞是秦觀聽了朝雲唱歌之後所作，但宋人袁文《甕牖閒評》則認為本詞顯然是朝雲過世後所寫。這些想法都是後人揣測，生無旁證，死無對證，我們只要知道秦觀也被朝雲迷得神魂顛倒。

靄靄，雲氣匯聚貌，陶淵明〈停雲〉詩說：「靄靄停雲，濛濛時雨。」溶溶，春日暖和狀，蘇軾〈哨遍〉也寫過：「初雨歇，洗出碧羅天，正溶溶養花天氣。」前兩句盛讚朝雲一出場就明豔動人，並且將「朝」（曉）「雲」（靄）拆解、鋪陳為兩句詞，秦觀挺會撩妹。

這樣絕世無雙的美人，只可能是「巫山之陽，高丘之阻，旦為朝雲，暮為行雨」的神女，為何會在這裡出現呢？蘇軾曾任翰林學士，恐怕蘇老師的前世就是楚襄王，神女才願意下巫陽吧？

宋玉曾任蘭臺令，人稱「蘭臺公子」；漢代的蘭臺為宮中藏書之處，唐代祕書省亦別稱蘭臺，而秦觀曾任祕書省正字，故以「蘭臺公子」自比。詞的下片說朝雲短暫唱了幾首歌之後，就忙著回去巫山下雨了，讓他悵然若失為之斷腸，只能像宋玉寫〈高唐賦〉一般寫這闋詞聊以紀念了。

我比較想相信這首詞是朝雲還在世時寫的，希望她聽了秦觀的讚美之後很開心。

十二

湘靈鼓瑟：兩位淚之女王

關鍵詞【#帝女、#娥皇、#女英、#堯舜、
#湘靈、#九疑山、瀟湘、湘妃竹】

故事

上一篇傳說中的巫山神女是炎帝之女，而詩詞中有另外兩位「帝女」同樣著名，但這個故事卻是從一項政治安排開始的。

據說帝堯十六歲即位，在位七十年之後已經又老又累了，於是他問大臣：「誰可以接我的位子呢？」

大臣提出的人選帝堯都不滿意，最有能力的兒子丹朱卻是既頑且凶，共工表面恭敬內心邪僻，鯀治水九載不成，能力不足。帝堯對著大臣四嶽說：「不然你來接我的位子吧？」

四嶽嚇一跳立即回絕：「不行不行，我德忝帝位，這位子實在不敢坐。」

帝堯今天非要大家提出候選人不可：「民間還有誰是才德兼備的？」

四嶽終於想起一人：「有一位舜，還未娶妻，雖然父親是盲人，後母又時常虐待他，但舜仍非常孝順。」

帝堯不知道是不是想草草結束會議，說：「聽起來很好，先把我的兩個女兒娥皇、女英嫁給他，觀察一下他們夫妻的相處，再來決定吧，散會。」

這個神展開！聽到這樣的家庭環境，有哪個父親會急忙把女兒嫁過去？更別說是嬌生慣養的兩個公主了。難道是女兒太多？或是堯知道反正沒有人敢欺負女兒？當時天下各部族的幾輩子祖宗認真追溯起來，大約都有點親戚關係，雖然舜跟兩位夫人的關係有點遠。還是整理一下——

黃帝有二子玄囂及昌意，二子的子孫傳到了舜這一代的關係：

玄囂→蟜極→帝嚳名高辛→帝堯名放勳→娥皇、女英。

昌意→帝顓頊名高陽→窮蟬→敬康→句望→橋牛→瞽叟→虞舜名重華。

照輩分算起來，舜要喊夫人娥皇、女英為太姑婆，從中也可以看得出來帝顓頊這一支已經好幾世沒有登帝位了。

於是舜跟兩位太姑婆結婚了。堯畢竟年紀大了，可能兒子也不少，另外又派了九個兒子一起住到舜家。

舜還真是有本事，父親只愛後母、後母和親生兒子整天想殺他，還要面對兩位擺明是來監視他的夫人，以及滿屋的大舅爺小舅子，一般人應該還沒結婚就逃走了吧？

舜真是能人所不能，夫妻之間彼此敬重，二位妻子沒有因為帝女身分而驕縱，舜也凡事都會和夫人商量。甚至相處三年過後，九位小舅子的行事個性也更成熟穩重了。

帝堯對舜女婿很滿意，展開接班人養成計畫，陸續安排他到各部會工作。例如舜去外交部接待各地賓客，到教育部討論倫理道德的新課綱，在環境部疏浚大川沼澤，進法務部制定鞭刑、闇刑等各種刑罰，還說學校老師可以用戒尺（扑，ㄆㄨ）管教學生，這叫教刑。還有數位發展部……當時還沒成立。

當然國防部更是重中之重，各部會的多年歷練之後，帝堯命舜攝行天子之政。天子巡行各諸侯國曰「巡狩」，於是舜開始東市買駿馬，北市買長鞭，東巡狩、西巡狩、南巡狩、北巡狩，或提拔或懲罰或安撫各地諸侯。

娥皇、女英眼看著夫君這麼能幹，卻始終尊重兩人，凡事都會徵詢她們的意見，因

此夫妻感情也更加深厚，

舜五十歲時攝行天子之政，八年後一百一十七歲的帝堯崩殂，在位九十八年應該是沒人能打破的歷史紀錄。堯在生前曾說，將天下授給舜，只有兒子丹朱一人不開心，但是天下得其利；將天下授給丹朱，則天下的人民都不開心，所以「終不以天下之病而利一人」。

天下服喪三年之後，舜原本還是想將帝位讓給丹朱，而自己躲到南河之南。不過各地諸侯都只到舜的住處朝覲，無一人去見丹朱。

因此，六十一歲的舜終於體認到這是天命而踐帝位，開始重用禹、皐陶、契、后稷等大臣。從堯至舜，這段時期為後世所嚮往，杜甫的人生目標就是「致君堯舜上，再使風俗淳」，而他的職場偶像就是稷、契，「許身一何愚，竊比稷與契」。

不過這些大臣中功勞最大的還是禹，據說他「披九山、通九澤、決九河、定九州」，最困難的問題都讓他解決了。

舜也跟堯一樣長壽，登位三十九年之後到南方巡狩，卻不幸崩殂於蒼梧之野，葬於九疑山，是為「零陵」。

據說娥皇、女英聽到舜的死訊之後悲不自勝，趕赴九疑山，在湘江之旁啼泣，而後溺於湘江。後世尊二妃為湘君或湘靈，傳說二妃成仙後常「神遊洞庭之淵，出入瀟湘之浦」。特別的是二妃的眼淚如有神蹟，可稱為淚之女王。因為她們不是一滴兩滴的掉淚，而是像草坪灑水器，灑滿了湘江的竹子，竹子上因此（被腐蝕？）有點點淚痕。這應該是人類史上第一次基因改造作物，從此湘江竹上皆有斑點，也稱「淚竹」或「湘妃竹」，後人得以永懷二妃。後世詩人引用娥皇、女英的故事時，常混搭二組屈原的辭句，其一為〈九歌．湘夫人〉：「帝子降兮北渚，目眇眇兮愁予。嫋嫋兮秋風，洞庭波兮木葉下。」帝子即帝女，眇眇（ㄇㄧㄠˇ），眼睛美麗動人的樣子，令人見了感到憂愁。秋天的洞庭湖畔已落木蕭蕭，湘夫人隨著嫋嫋秋風在湖上徘徊。雖然二妃死時跟舜一樣老了，但可能詩人想著二妃成為湘靈之後已不受人類的形體和時間限制，因此仍然美麗。

其二為屈原〈遠遊〉：「張咸池奏承雲兮，二女御九韶歌。使湘靈鼓瑟兮，令海若舞馮夷。」咸池、承雲、九韶為樂曲名，瑟為古樂器，據說音色非常悲悽；海若為海神，馮夷為河神。這裡雖然將二女（娥皇、女英）和湘靈分開寫，但總之海神、河神會伴著她們的歌聲及瑟聲起舞。

舜與二妃的故事一般只會說到這裡，不過這個故事另有一個暗黑的版本，雖不可信但合理：

娥皇、女英在帝堯的耳濡目染之下，熟知帝王之道與天下大勢，這可是她們的家族事業。二女嫁到舜家之後，她們很清楚一件事：要離開嬀汭（ㄍㄨㄟ ㄖㄨㄟˋ）這個窮鄉僻壤，唯一方法是讓帝堯看得起舜這個窮小子。她們也知道帝堯的用意是觀察舜能否先齊家，再考慮治國平天下。因此二女跟舜還有其他陪嫁過來的兄弟提醒：「在帝堯授予舜更大的權力之前，大家都要努力裝乖啊！尤其是舜，你在家裡再怎麼委屈，會比我們更委屈嗎？忍著點。尤其是你這個鄉下人根本猜不透父王和諸侯的想法，千萬記得：無論遇到什麼事，都先來問我們的意見。」

舜哪想得到兩位嬌貴的公主會嫁給自己？當然對她們言聽計從。幾次繼母要殺他，他都忍下來躲過一劫，實在氣不過想發洩的時候，就趁半夜跑到田中央大哭大叫，呀～～

就這樣大家裝乖了幾年之後，舜終於得到帝堯的認可，但是舜哪懂得什麼為官之道？更別提什麼外交禮節了，怎麼進外交部接待諸侯？幸好他有個萬用法門：凡事問夫人，夫人就是他的女王、他的谷歌、他的專屬AI。

幾年過後，隨著舜得到的權力愈來愈大，各部會的歷練也愈來愈完整，二位夫人跟舜說：「本來你這位女婿已經有能力接帝位了，但是你還不能接，現在各地諸侯最尊敬也最害怕的人仍是帝堯，這是父王用幾十年時間建立起來的威望。所以，你現在要打著帝堯的招牌做事，做什麼事都要說是帝堯命令你去做的。」

舜聽不懂，問：「那我現在該做什麼事？」

女王說：「削弱各地諸侯的力量，逼他們離開自己的根據地，而且說這是帝堯的命令。」

舜又問：「如果帝堯不同意我們的安排呢？」

女王一笑，說出最黑暗的兵法：「那就幽禁帝堯，不讓他見任何人，全天下只有我們夫妻見得到他。」

舜在兩位夫人多年的馴化之下，毫不猶豫的就聽從夫人的計畫。然後，他們逐步拔除大臣和諸侯的力量，其中有四件事最重要：將共工流放至幽陵，並讓他對抗北狄；將驩兜流放到崇山，讓他對抗南蠻；命三苗遷移至三危，讓他對抗西戎；罰鯀去羽山，讓他對抗東夷。

接下來，再提拔自己的親信大臣。至此天下大定，就等著看帝堯還是舜的命長了。兩人也真長壽，這一等就等到舜五十八歲。兩位女王至此提出最後一條計策：三年服喪結束後，先推舉帝堯的兒子丹朱坐上帝位，但是這麼多年下來，諸侯已經習慣聽你的命令，沒人相信丹朱有治國能力了，到時你再說這是堯的心願、也是上天的心意，然後名正言順的稱帝吧！

舜踐帝位幾十年後，禹在大臣和民間的聲望愈來愈高，而舜竟然在一次南方巡狩時傳來死訊！娥皇、女英一聽到消息大為震驚，這是意外嗎？還是禹不想跟舜比看誰長壽了？當她們趕到湘水之濱時，知道已經無力回天，只能淚灑湘竹。

天下服喪三年之後，禹照本宣科，推舉舜的兒子商均為天下共主，但是這時各地諸侯只肯承認禹才是最佳人選。當然了，在歷史的記載中，丹朱、商均都是能力不足的人，堯、舜則是為天下著想而禪讓給舜和禹。

無論是黑暗版還是一般版的故事，娥皇、女英最終都命喪湘江了，只留下斑竹和當地人為她們興建的廟宇供人憑弔。或許後人也相信：雖然一開始是政治安排，但兩位夫人與舜的感情，一定是非常真摯的，人世間又有多少夫妻能維繫幾十年至死不渝的感情呢？難怪後來常常有人在湘江聽見湘靈演奏哀戚苦澀的瑟曲了。

※本篇故事參考《史記・五帝本紀》、《列女傳》、《博物志》、《水經注・湘水》

詩詞

遠別離　唐．李白

遠別離，古有皇英之二女；乃在洞庭之南，瀟湘之浦。
海水直下萬里深，誰人不言此離苦？
日慘慘兮雲冥冥，猩猩啼煙兮鬼嘯雨。
我縱言之將何補？
皇穹竊恐不照余之忠誠，雷憑憑兮欲吼怒。
堯舜當之亦禪禹。君失臣兮龍為魚，權歸臣兮鼠變虎。
或云堯幽囚，舜野死。
九疑聯綿皆相似，重瞳孤墳竟何是？
帝子泣兮綠雲間，隨風波兮去無還。
慟哭兮遠望，見蒼梧之深山。
蒼梧山崩湘水絕，竹上之淚乃可滅。

李白此詩認為古今最苦的別離之苦，即是娥皇、女英與舜的生死之別，九疑山（蒼梧山）、洞庭、瀟湘因此成了傷心地，天地色變，風雲慘淡，「日慘慘兮雲冥冥，猩猩啼煙兮鬼嘯雨」。

為何會有此遠別離之苦？或許是因為「堯幽囚，舜野死」。據《史記正義》引《竹書紀年》云「昔堯德衰，為舜所囚也」，「舜囚堯，復偃塞丹朱，使不與父相見也」。堯因此大權旁落，「君失臣兮」，而後舜也遭遇同樣命運，因此天下共主「龍為魚」，堯、舜禪讓給舜、禹是身不由己，當權力歸於臣子，臣子將會「鼠變虎」，結局便是「帝子泣兮」，家族事業拱手讓給外人。

二女的慟哭流涕有結束的一天嗎？李白說，或許等到蒼梧山崩毀、湘水斷絕，湘竹上的淚痕才可能泯滅。「蒼梧山崩湘水絕，竹上之淚乃可滅」，這兩句靈感應來自漢樂府〈上邪〉：

上邪，我欲與君相知，長命無絕衰，
山無陵，江水為竭，冬雷震震夏雨雪，

天地合，乃敢與君絕。

這首詩雖然是詠嘆娥皇、女英之事，但有幾句話很突兀：「我縱言之將何補？皇穹竊恐不照余之忠誠，雷憑憑兮欲吼怒。」為何李白會覺得不管他說什麼都於事無補？並且上天不知道他的忠誠，還派雷公來趕走他？這個畫面有點眼熟，李白在〈梁甫吟〉也寫過：「我欲攀龍見明主，雷公砰訇震天鼓。」他想見皇帝，但是被守門人（雷公）趕走了。或許，這首〈遠別離〉也是李白藉著二女和堯舜的故事向皇帝表白。

為何是堯舜呢？這首詩應是安史之亂後所寫，關鍵還是在「堯舜當之亦禪禹。君失臣兮龍為魚，權歸臣兮鼠變虎」這幾句，「禪讓」亦關乎唐玄宗前後半生的命運。

唐玄宗李隆基經歷了平定韋后的血腥政變後，重扶父親李旦登基（唐睿宗）。儘管李隆基並非嫡長子，但因滅韋后以李隆基功勞最大，因此李旦立李隆基為太子，並在兩年後禪讓帝位予李隆基。

既然玄宗是經由禪讓而登基，應該非常清楚：即使貴為皇帝，一旦實權掌握在臣子手上，天龍會變成魚，權臣這些鼠輩也會成猛虎。然而玄宗坐上帝位宵衣旰食，經過數十年的太平歲月之後，他已經無心政事了，先是交由「口蜜腹劍」的李林甫打理朝政，李林甫死後則寵信楊貴妃的堂兄楊國忠。李、楊二人不僅無法遏制稱霸一方的安祿山的野心，反而處處與安祿山結怨。安史之亂爆發後，因將士對玄宗與楊貴妃的積怨已久，太子李亨便自行登基，是為唐肅宗，玄宗等同於被迫禪讓。

這一切過程，曾滿懷雄心壯志而入宮的李白都看在眼裡，他也曾想積極輔佐玄宗，卻始終不得玄宗重用。如今李白與玄宗別離兩地，他自稱與大唐李氏同宗，因此自擬為「帝子泣兮」也合情合理。當他寫下〈遠別離〉一詩，或許寫著寫著而傷心垂淚，就如娥皇、女英二妃「慟哭兮遠望」，遠望著京城而無能為力吧……

既然說到肅宗，我們再多念幾首賈至的詩。安史之亂後，賈至隨玄宗出逃至蜀地（倒楣的王維沒有跟上玄宗的部隊，後來被安祿山抓至洛陽），李亨自行即位後，玄宗傳位的詔書便是由賈至所寫。賈至曾在肅宗朝廷任中書舍人，後被貶為岳州司馬，而李白此時正在「洞庭之南，瀟湘之浦」，兩人相遇後與裴九三人同遊洞庭湖，寫下這組詩：

〈初至巴陵與李十二白裴九同泛洞庭湖三首〉

江上相逢皆舊遊，湘山永望不堪愁。明月秋風洞庭水，孤鴻落葉一扁舟。

楓岸紛紛落葉多，洞庭秋水晚來波。乘興輕舟無近遠，白雲明月弔湘娥。

江畔楓葉初帶霜，渚邊菊花亦已黃。輕舟落日興不盡，三湘五湖意何長。

秋天，又是江畔滿地的楓葉，景色一如〈九歌．湘夫人〉「嫋嫋兮秋風，洞庭波兮木葉下」，念到這裡就知道雖然同遊者「皆舊遊」，但大家各懷傷心事，雖然是乘興而往（「乘興泛舟」也有典故，這故事下一篇再說），但三人不免想起娥皇、女英二湘妃，弔湘娥亦是自傷身世。

三湘、五湖可說是湘水、洞庭湖，也可指隱居地。結語「意何長」真是意味深長，除了「裴九」不知為何人，賈至和李白可是一點都沒有歸隱的意思。

題二妃廟　唐．李群玉

黃陵廟前春已空，子規啼血滴松風。
不知精爽歸何處，疑是行雲秋色中。

據說李群玉生性淡泊，無意出仕，只喜歡吟詩吹笙寫書法，頗有王謝子弟的風範。雖然是一介布衣，但宰相裴休極力向皇帝推薦，宣宗看了李群玉的三百首詩之後也頗為驚豔，便授予他弘文館校書郎一職。不知道是嫌官小，還是自由慣了，總之他很快就辭官回鄉。途經湘水旁奉祀娥皇、女英二妃的黃陵廟，寫下這首詩：

小姑洲北浦雲邊，二女啼妝自儼然。野廟向江春寂寂，古碑無字草芊芊。
風迴日暮吹芳芷，月落山深哭杜鵑。猶似含顰望巡狩，九疑如黛隔湘川。

二妃的神像似乎仍在啼哭，這廟有點破落了，連碑文都已磨平。〈九歌．湘夫人〉說「沅有芷兮醴有蘭，思公子兮未敢言」，廟旁也見得到白芷這種香草，還能聽到杜鵑鳥的叫聲。傳說古蜀國的國王杜宇禪讓之後，無法回國，因此精魂化為杜鵑鳥，日夜啼血哀鳴。杜鵑這個典故用得渾然天成，二妃是否也聽著杜鵑啼血，所以仍含顰皺眉望著九疑山，等待著巡狩未歸的舜？

李群玉瞻仰過神像之後，話鋒一轉，再看著湘水上穿著紅色茜（ㄑㄧㄢˋ）裙的美麗女孩，她們看來無憂無慮在輕舟上唱著歌，但是他卻找不到理由接近女孩，只能愁看她們的船愈划愈遠，又寫一首：

黃陵廟前莎草春，黃陵女兒茜裙新。輕舟短櫂唱歌去，水遠山長愁殺人。

最後他再轉回來二妃廟寫了〈題二妃廟〉這第三首詩。「子規」是杜鵑鳥的別名，他因此聯想：蜀王的魂魄（精爽）已化為杜鵑鳥，二妃的魂魄又在何處？是不是像另一位住在巫山的帝女一樣化為朝雲了？

不過這首詩他寫完後不太滿意，第一句寫「春已空」，第四句就到了「秋色」，時間的跳躍有點大。當晚李群玉睡在廟裡，還做了個夢，二個美麗女子在夢中跟他說：

「我們是娥皇、女英，希望兩年後可以跟你一起化為白雲，漫遊各地。」李群玉醒來之後，對著二妃的神像參拜。兩年後他就死了。

可能是二妃在這裡已等待了兩千多年，終於遇到知音，而李群玉又與這個世界太格格不入，所以二妃才接走了他吧。

省試湘靈鼓瑟　唐・錢起

善鼓雲和瑟，常聞帝子靈。馮夷空自舞，楚客不堪聽。
苦調淒金石，清音入杳冥。蒼梧來怨慕，白芷動芳馨。
流水傳湘浦，悲風過洞庭。曲終人不見，江上數峰青。

在唐玄宗、肅宗之後，便是唐代宗即位，錢起與李端、盧綸、司空曙等人則是代宗大曆年間的「大曆十才子」。看到這種以偶像團體面貌出道的人，就知道他們沒有人可在文學史上獨當一面，不過每個人都有自己的代表作，錢起最著名的詩便是這首〈省試湘靈鼓瑟〉。

「省試」為各地方貢士參加尚書省的考試。錢起於玄宗天寶年間赴京趕考途中，大概還在認真準備考試吧，半夜於旅舍房間獨自吟詩，突然聽到有人在庭院念了兩句：「曲終人不見，江上數峰青。」他嚇了一跳，但打開房門一看果然「人不見」，到底是自己幻聽還是見鬼了？

數日後他抵達考場，參加考試的作文題目，不對，作詩題目是「湘靈鼓瑟詩」，還規定要用到「青」字。我們看錢起這首詩，前十句中規中矩，只是把屈原〈遠遊〉「使湘靈鼓瑟兮，令海若舞馮夷」的句子，以及娥皇、女英與蒼梧、白芷、湘水、洞庭湖等關鍵字改寫一次，標準的學測作文，重點不是寫得多優美，而是看你懂得多少。

錢起應該也知道這樣考試很難拿到A+，所以結語用了他在旅舍聽見的那兩句鬼詩。當年主考官改考卷時看到這兩句，大為驚嘆，認為這是「絕唱」啊！錢起因此順利錄取了，釋褐（新進士授官）祕書省校書郎。

這首詩後來也成為唐代科舉的範本。大概就是大學學測的國寫，成為自己一生的代表作，出道即巔峰。

除了「人不見」的湘靈，關於大考題目中的「鼓瑟」我們多讀一首詩：

〈歸雁〉

瀟湘何事等閒回？水碧沙明兩岸苔。

二十五弦彈夜月，不勝清怨卻飛來。

錢起在北方當官時，見到雁子已經從南方避冬歸來，知道這是春天到了。但是他卻莫名其妙地問了雁子一句：「南方的瀟湘那麼好，水草豐美，你們幹嘛閒閒沒事飛回來呢？」

原來錢起是動物溝通師，他聽見雁子回答：「你有所不知，每天在湘水旁聽著湘靈彈那二十五弦的瑟，從秋天聽到冬天，聽得我們瑟瑟發抖，那麼哀怨的音樂，每天聽誰受得了啊？所以春天一到，我們就立刻飛回來了。」

瑟的音色哀戚，這是經過天帝認證的。據《史記‧封禪書》載，天帝曾要仙女演奏五十弦的瑟，但是天帝聽了也悲傷不止，所以將瑟切破一半，流傳到人間的瑟因此只剩二十五弦。瑟的悲傷之力雖然減半了，看來雁子還是承受不了。

題外話，李商隱倒是對五十弦的瑟情有獨鍾，所以才有「逡巡又過瀟湘雨，雨打湘靈五十弦」、「錦瑟無端五十弦，一弦一柱思華年」這些詩句。

淚　唐．李商隱

永巷長年怨綺羅，離情終日思風波。湘江竹上痕無限，峴首碑前灑幾多？
人去紫臺秋入塞，兵殘楚帳夜聞歌。朝來灞水橋邊問，未抵青袍送玉珂！

李商隱到底有多悲傷呢？這首詩中有好多淚水。

前面六句是各種流淚的名場面。「永巷」為漢代失寵嬪妃的居住地，第一句為宮女淚。屈原〈九章．哀郢〉：「順風波以從流兮，焉洋洋而為客。」第二句為家人流淚思念在江湖風波之上的客子。既然題目是「淚」，第三句便不得不提我們二位淚之女王娥皇、女英淚灑湘竹的遠別離之淚。第四句寫晉朝羊祜因愛護百姓，百姓於羊祜死後在其平生常遊憩的峴山建碑立廟，望其碑者莫不流涕，名為「墮淚碑」。紫臺即皇宮，第五句嘆息漢朝王昭君遠嫁匈奴，終生不得回國，即杜甫「一去紫臺連朔漠，獨留青塚向黃昏」之意。第六句記楚霸王項羽被圍困垓下，四面楚歌，流下英雄淚，乃唱：「力拔山兮氣蓋世，時不利兮騅不逝。騅不逝兮可奈何，虞兮虞兮奈若何！」

這六種眼淚跟李商隱有什麼關係？他這位穿著青袍的低階官員，今天到了灞水橋邊，來送行那位騎著玉珂名馬的高官。他說前面那六種眼淚啊，都比不上今天他的眼淚。

你們覺得李商隱是因為跟高官的感情深厚，捨不得分離而流淚呢？還是他已受不了這種奉承長官、卑躬屈膝的生活，前面六種眼淚都是聽人說的、書上看的，只有當下的屈辱才是切膚之痛？我猜是後者。

江城子　宋·蘇軾
（湖上與張先同賦，時聞彈箏）

鳳凰山下雨初晴，水風清，晚霞明。一朵芙蕖，開過尚盈盈。何處飛來雙白鷺，如有意，慕娉婷。
忽聞江上弄哀箏，苦含情，遣誰聽！煙斂雲收，依約是湘靈。欲待曲終尋問取，人不見，數峰青。

詞序已說明這首詞的重點：蘇軾任杭州通判時，與八十歲的老詞人張先同遊西湖，張老先生先寫了一首詞，蘇軾也跟著寫了一首。詞的上片寫「湖上」的景色，下片寫「聞彈箏」的心情。

江上哀箏的樂音，讓他想到湘靈，但卻不見人影，因此借來錢起的「曲終人不見，江上數峰青」，依照詞的字數而修改。

「欲待曲終尋問取，人不見，數峰青」還有另一個小故事：據宋人張邦基《墨莊漫錄》記載，蘇東坡遊西湖時，還有兩位同伴仍在服喪，發現湖心有一彩舟漸漸靠近，舟上數人都是靚妝美人。其中最美的那人正在彈箏，大約三十餘歲，「風韻嫻雅，綽有態度」。當彩舟漸漸遠離時，這兩位同伴還依依不捨的目送。曲子還未結束，就已經看不見彩舟了。蘇東坡在一旁觀察這兩位客人笑了出來，因此寫下這首長短句。

另外，提供一個我會和小孩玩的小遊戲：因為〈江城子〉這個詞牌有許多三字句，而「晴、清、明、盈、婷、情、青」這些韻腳是現在小孩名字的常用字，如果將詞中這些〇〇晴、〇〇清換成同學的名字，小孩很快就可以背起來這首詞了。

臨江仙　宋．秦觀

千里瀟湘挼藍浦，蘭橈昔日曾經。月高風定露華清。微波澄不動，冷浸一天星。

獨倚危檣情悄悄，遙聞妃瑟泠泠。新聲含盡古今情。曲終人不見，江上數峰青。

這首詞的結尾照抄了錢起的「曲終人不見，江上數峰青」，但就不像蘇軾的〈江城子〉那麼明亮了。

秦觀可能是在貶謫途中夜泊瀟湘。挼（ㄋㄨㄛˊ）為搓揉；藍為蓼藍草，可做為藍色染料。「挼藍」形容湘水的顏色之藍，秦觀的心情也非常blue。屈原〈九歌．湘君〉說「桂櫂兮蘭枻」，秦觀想起屈原也曾經失意不得志。這晚風定江澄，滿天星星的倒影如浸在冷冷的江水中，他也感到冷。

他在船上憂心悄悄，遠遠傳來湘妃鼓瑟的樂音，那是古今相同的傷心人。

十三

雪夜訪戴：我玩夠了，不然呢？

關鍵詞【#王徽之、#剡溪、#山陰、#招隱士、#乘輿、#興盡、#戴安道】

故事

古人常用「如金陵王謝子弟」形容多才多藝的望族之後，但真實的王謝子弟過著什麼樣的生活呢？這一群王謝子弟每個都很怪異，超瘋的，像王羲之的兒子王徽之（字子猷）就是一個有社交障礙的富二代，不對，他只是懶得理別人死活。

不過貴公子也是要上班的，雖然對他們來說，出現在辦公室就叫上班了。例如王徽之曾經當車騎將軍桓沖的參軍，桓沖問他：「你在哪個部門上班？」

王徽之回答：「不知道，常常看到屬下牽著馬，應該是馬曹吧。」

桓沖又問：「馬曹啊，那你管幾匹馬？」

王徽之回答：「不問馬，怎麼知道有幾匹馬？」

一般人可以用「不問馬」來打發老闆嗎？不，王徽之不是一般人，這個「不問馬」是有來歷的，《論語》說：有一天馬廄起火了，孔子退朝聽說之後立刻問：「有人受傷嗎？」不問馬。

桓沖一聽就懂，他想，孔子不問我來問：「最近死了幾匹馬？」

王徽之回答：「未知生，焉知死？」再次用一句孔子的話來打發老闆。

這就是「王謝子弟」，連上班時擺爛都有個好理由。

過了一段時間，桓沖與幕僚開會時跟王徽之說：「你來我府裡有一段時間了，該找點正事讓你做。」

王徽之充耳不聞，臉頰撐在笏（ㄏㄨˋ，官員上朝時的手版）上看著窗外說：「西山朝來，致有爽氣。」西山吹來的風好涼爽啊！這就是成語「拄笏看山」的由來，教育部辭典解釋為「比喻人倜儻不羈，身在官場卻有閒情雅致」，但我認為「身在官場卻遊手好閒」比較準確。

不過千萬別誤以為王徽之喜歡挑戰權威才會對桓沖沒禮貌，他只是活在自己的世界。

例如王徽之住在山陰時，在一個下過雪的夜晚，月色正美，他對著四周一片白茫茫的雪地獨酌，念起了左思的〈招隱詩〉「杖策招隱士，荒途橫古今。巖穴無結構，丘中有鳴琴……」然後想起了在會稽剡縣隱居的好友戴逵（字安道）。

在酒興、詩興之後，王徽之這時又起了遊興，「乾脆去拜訪安道吧！」他立即命人安排小舟，家僕沿著剡溪划呀划，划到隔日一早，才抵達戴逵家門口。然後他說：「OK了，我們回家吧。」家僕再沿著剡溪划呀划，終於把公子送回家。

別人問他，怎麼回家了？王少爺說：「吾本乘興而行，興盡而返，何必見戴？」白話就是：「我玩夠了，不然呢？」乘興，趁著興致好的時候。他的興致是去「訪戴」，又不是跟他聊天，見他做什麼？這個雪夜他已經盡興了。這樣的人，你不會希望他是你的屬下，更不能是自己的老闆。對了，王徽之的偶像是司馬相如，理由是司馬相如「慢世」，也就是玩世不恭，不理會世俗禮法。我們都知道司馬相如在一窮二白的時候，還連夜帶著別人家的女兒私奔。所以，最好是根本不要認識王徽之，你不知道他有多少方法可以整你。或是，只是將你當成一個道具，例如戴安道在這個故事中的角色一樣，連出場的機會都沒有，只能當風流名士的故事配角。

為什麼「雪夜訪戴」這麼任性的故事，後世文人會這麼津津樂道呢？我想還是因為王徽之不僅慢世，而且脫俗。在雪夜獨酌的夜晚，一般營營役役的人，小從職場生涯，大至國家興亡，該有多少的心煩事呢？但是王徽之只專注在自己當下的心情，在這美好的月夜，念了〈招隱詩〉，最好是去尋找隱士，在舟上飄蕩了一夜，甚至連訪隱士這事也無所謂了。他沒有辜負這最好的時光，所以說「興盡而返」。

雖然他多少是因為身為王謝子弟，所以才有底氣做自己，不過這個境界後人辦不到就是辦不到，就連最曠達脫俗的李白和蘇軾也辦不到。

李白被玄宗賜金放還之後，某個雪夜也發了清興，想起山陰的王徽之，因此寫了〈單父東樓秋夜送族弟沈之秦〉一詩，雖然「卷簾見月清興來，疑是山陰夜中雪」，但是呢，他心心念念的還是長安，「長安宮闕九天上，此地曾經為近臣」，更不能釋懷的是玄宗棄他不用，「聖朝久棄青雲士」。

蘇軾被貶黃州之後，在城東一塊山坡地耕種，因此自號「東坡居士」。某日他在東坡飲酒之後半夜才回家，「夜飲東坡醒復醉，歸來彷彿三更」，因為「家童鼻息已雷鳴，敲門都不應」，所以他獨自走到江邊聽著江聲，這一點蘇東坡比王徽之有人性，不會非要折磨家裡人不可。但他聽著江聲，卻是想著自己一生勞碌汲汲營營，「長恨此身非我有，何時忘卻營營」，最大的心願是「小舟從此逝，江海寄餘生」，雖然想著乾脆去隱居吧，但畢竟只能想想，他連幫他划小舟的人都沒有。

所以囉，雖然王徽之很像個瘋癲公子哥，但他的瀟灑的確是無人能及，從此「山陰」、「剡溪」在詩詞中有了特別的涵義。

※本篇故事參考《晉書・王羲之傳》、《世說新語》

詩詞

東魯門泛舟二首　唐・李白

日落沙明天倒開，波搖石動水縈迴。輕舟泛月尋溪轉，疑是山陰雪後來。

水作青龍盤石堤，桃花夾岸魯門西。若教月下乘舟去，何啻風流到剡溪。

李白拿了玄宗的資遣費之後到處遊歷，有段時間回到東魯的住家，並與孔巢父等人來往，號為「竹溪六逸」，假裝自己是在徂來山隱居不願出仕的隱士。

這一天日落時分，他在溪上泛舟，天色倒映在溪水上，水波一搖蕩，似乎水裡的石頭也動了起來。看他的視線一直盯著水面，沒有抬起頭看看真的天空，我懷疑他已經有點喝醉了。月亮升起，他隨著溪水轉過一個又一個彎，突然懷疑起自己是不是山陰王徽之在雪後泛舟呢？

可能在舟上愈來愈醉了，不僅這條溪水看起來像是一條青龍，這裡竟然也有夾岸數百步的桃花林，他是到了桃花源呢？還是正要泛舟去剡溪？

從第一首的「疑是」，彷彿自己是王徽之，到第二首的何啻（ㄔˋ），何止、不只，李白認為自己酒後泛舟的風流倜儻，連王徽之都比不上……詩仙永遠都自信滿滿，一百分。

答王十二寒夜獨酌有懷　唐・李白

昨夜吳中雪，子猷佳興發。
萬里浮雲卷碧山，青天中道流孤月。孤月滄浪河漢清，北斗錯落長庚明。
懷余對酒夜霜白，玉床金井冰崢嶸。人生飄忽百年內，且須酣暢萬古情。
君不能狸膏金距學鬥雞，坐令鼻息吹虹霓。
君不能學哥舒，橫行青海夜帶刀，西屠石堡取紫袍。
吟詩作賦北窗裡，萬言不值一杯水。世人聞此皆掉頭，有如東風射馬耳。

魚目亦笑我，謂與明月同。驊騮拳跼不能食，蹇驢得志鳴春風。
〈折楊〉、〈皇華〉合流俗，晉君聽琴枉〈清角〉。
〈巴人〉誰肯和〈陽春〉，楚地猶來賤奇璞。
黃金散盡交不成，白首為儒身被輕。一談一笑失顏色，蒼蠅貝錦喧謗聲。
曾參豈是殺人者？讒言三及慈母驚。
與君論心握君手，榮辱於余亦何有？孔聖猶聞傷鳳麟，董龍更是何雞狗！
一生傲岸苦不諧，恩疏媒勞志多乖。嚴陵高揖漢天子，何必長劍拄頤事玉階。
達亦不足貴，窮亦不足悲。韓信羞將絳灌比，禰衡恥逐屠沽兒。
君不見李北海，英風豪氣今何在！君不見裴尚書，土墳三尺蒿棘居！
少年早欲五湖去，見此彌將鐘鼎疏。

大人將這首詩念一次，想想要怎麼對小孩解釋才好呢？應該會笑出來，李白在這一首詩用太多典故啦，這個書呆子。明明可以兩句話就說完的：你想我，我也想你，喝酒吧。小人得志，我不得志，退隱吧！

沒辦法，畢竟是李白的詩，我們多花點時間讀讀，典故買一送十。不過大家以後會不會看到李白和李商隱的詩就直接跳過了？

第一大段為前十句。朋友王十二寫信說他想念李白，李白因此寫了這首詩回答。王十二與王徽之（字子猷）都姓王，因此李白將王十二寒夜想念自己，比作王徽之雪夜想念戴安道。前兩句「昨夜吳中雪，子猷佳興發」便同時讚揚了朋友和自己的佳興非比常人。後六句摹寫當晚夜色之美，長庚星即太白星，想必朋友也望著太白星想念我這位李太白吧？對著河漢（銀河）不禁起了酒興：人生百年，飄忽而過，只有飲酒才能抒發萬古以來的寂寞。「人生飄忽百年內，且須酣暢萬古情」，這兩句的心情類似李白名篇〈將進酒〉的「古來聖賢皆寂寞，唯有飲者留其名」。

第二大段由「君不能狸膏金距學鬥雞」至「楚地猶來賤奇璞」，寫小人得志。

「鬥雞」原本是民間清明節的遊戲，但是玄宗也喜歡看鬥雞，甚至在宮中成立了雞坊，養了高冠昂尾的鬥雞千餘隻，還精選六軍官兵的兒子五百人去學鬥雞。既然皇帝喜歡，大家還不跟上？因此從宮廷到王公子孫莫不爭相買雞，一時之間洛陽紙貴，不對是長安雞貴。鬥雞也有方法：將狸膏（狐狸油）塗在自己的雞身上，氣味會讓對方的雞害怕，再於雞距（腳跟上方突出如腳趾的硬骨）裝上金屬利鉤。

學鬥雞有多大的好處？李白曾寫過「鬥雞金宮裡，蹴鞠瑤臺邊」、「路逢鬥雞者，冠蓋何輝赫」，在宮中可以討好皇上，出宮廷也可以巴結權貴。當時玄宗最欣賞一位「神雞童」賈昌，甚至還封給他官職，每天送他禮物，「金帛之賜，日至其家」。後來賈昌的父親在長安千里之外的泰山過世，「新聞快訊：神雞童的父親過世，縣長竟然這樣做」，各地縣官一路派人護送棺木回鄉安葬。因此當時有民謠：

> 生兒不用識文字，鬥雞走馬勝讀書。賈家小兒年十三，富貴榮華代不如。
> 能令金距期勝負，白羅繡衫隨軟輿。父死長安千里外，差夫持道挽喪車。

但是李白勸王十二不要學這種技倆，成語「仰人鼻息」意思是仰賴他人的鼻息過活，看看那些人鑽營的嘴臉啊，「坐令鼻息吹虹霓」，他們的鼻息甚至可以噴出彩虹。我李白和王十二可是王徽之一般灑脫的人物，怎麼能去仰這種小人的鼻息？從這個小人的例子，就知道李白對玄宗身邊人物的評價不高了。接著說當時的大將軍哥舒翰曾以朔方、河東群牧兵十萬攻吐蕃石堡城，獲封開府儀同三司，穿上一品大官的紫袍。先不說他屠殺吐蕃人是否光彩，這種征戰沙場的事情也不是李白和王十二可以學的。

「吟詩作賦北窗裡，萬言不值一杯水」，這兩句是詩人最沉痛的控訴了，讀那麼多書、寫那麼多詩賦勸諫皇帝有什麼用？就像一杯水潑出去，啪一聲就沒了，沒人理你，只如東風吹進馬耳，充耳不聞，不痛不癢。

李白愈說愈悲憤，他反用了「魚目混珠」的典故，說那些死魚眼竟笑我這顆如明月一般的珍珠，還不是混在魚目裡？

「驊騮拳跼不能食，蹇驢得志鳴春風。」我這隻驊騮一般的神馬拳跼（ㄐㄩˊ，彎曲無法伸展，同「蜷局」）食不下嚥，那些蹇（ㄐㄧㄢ，跛腳）驢子卻在春風裡得意的笑。這裡濃縮了兩個典故，屈原〈離騷〉云：「僕夫悲余馬懷兮，蜷局顧而不行。」西漢揚雄則感嘆屈原作〈離騷〉後投江而死，每讀其文必流涕，所以寫〈反離騷〉：「騁驊騮以曲囏（ㄐㄧㄢ，同「艱」）兮，驢騾連蹇而齊足。」屈原只是說自己的馬走不動了，揚雄加進驢子騾子做對比，驢騾竟然可以跟驊騮並駕齊驅，李白更進一步說驢子比驊騮還得意洋洋。典故不能生搬硬套，要像李白這樣還能加入自己的心情才是厲害。

李白繼續打出典故組合技。一般人只能聽聽〈折楊〉、〈皇華〉這種通俗流行的曲子，而黃帝作的〈清角〉曲呢，連庸君都不能聽。據說春秋時的晉平公硬要聽〈清角〉，結果不僅自己生病，連晉國都因此大旱三年。宋玉〈對楚王問〉說俗人愛聽〈下里〉、〈巴人〉這些曲子，能懂〈陽春〉、〈白雪〉這種高雅曲調的全國不過數十人，而我李白就是清清白白的白雪王子。可惜我仍像未雕琢的和氏璧，大家只當我是一塊石頭。

「黃金散盡交不成」，這是寫他個人經歷，他在〈上安州裴長史書〉曾追述：「曩昔東遊維揚，不逾一年，散金三十餘萬，有落魄公子，悉皆濟之。」但是這些他年輕時真心接濟幫助的王公子孫，卻沒有一個人當他是朋友。後來他入宮受到唐玄宗重視，「當時笑我微賤者，卻來請謁為交歡」，那些曾看不起他的人，卻紛紛想結交他這位當紅文人。然而，他現在滿頭白髮且無一官半職，再次嘗到被人輕視的滋味，「白首為儒身被輕」。

「蒼蠅」指小人，「貝錦」為讒言，二語皆出自《詩經》。如今他的人生是黑白的，世界失去了顏色，只有小人如蒼蠅在耳邊嗡嗡嗡。這些流言蜚語恐怕會讓曾子的母親也誤以為他殺人了吧？

第三大段為「與君論心握君手」以下，寫他已經看開了（才怪）。李白跟王十二說我們握握手，要當好朋友，外界榮辱都無所謂了。孔子曾因仁獸麒麟被捕而哭泣，杜甫的遠祖杜預說，麟鳳都是「王者之嘉瑞」，但麒麟卻在不對的時間出現，天下此時非明主在位，孔子因此傷心流淚。李白的意思是現在的皇帝也非明主，這話說得毫不客氣了。

「董龍更是何雞狗」這句有點爭議。元朝有位研究李白的專家蕭士贇認為此詩引用典故時「錯亂顛倒」，而且「董龍一事尤為可笑」，所以此詩決非太白之作。我也覺得這首詩的典故實在用得太多，不過倒也不能因此認定這首詩非李白所寫。

董龍是前秦主苻生的寵臣，貴幸無比，司空王墮素來瞧不起他，旁人曾勸王墮應該要給他一點面子，王墮非常不屑說：「董龍是何雞狗！」李白詩中前一句「傷鳳麟」是講皇帝非明主，後一句「何雞狗」指皇帝身邊多小人，這兩句應該不算「錯亂顛倒」。

接著講正面人物。嚴光（字子陵）是漢光武帝的同學，但是光武帝即位後，子陵便躬耕隱居於富春山，不願在皇宮中看皇帝臉色辦事。

劉邦因畏懼韓信的才能而將他貶為淮陰侯，韓信因此常稱病不上朝，並對自己竟然與絳侯周勃、潁陽侯灌嬰的地位相同而悶悶不樂。禰衡為東漢末年人物，別人建議他去結識陳群、司馬朗，他回答：「我幹嘛去認識那些殺豬賣酒的？」

前面李白說自己交不到朋友，韓信、禰衡的例子則是說：我不是沒朋友，我只是很挑朋友的好嗎！

真是嘴硬。

就這樣前前後後將皇帝、權臣、甚至不懂他的人都罵遍了之後，李白再補兩刀：李北海（李邕）和裴尚書（裴敦復）都是被宰相李林甫害死的，言外之意，同意下令的玄宗也難辭其咎。所以啊，雖然我李白現在是個布衣，但當官的下場也很難預料。

李白最後結論，我年輕時就嚮往春秋時范蠡泛舟五湖的生活，已經跟鐘鼎高門的上流社會愈來愈疏遠了。

終於念完這首詩之後，應該更能體會開頭兩句：「昨夜吳中雪，子猷佳興發。」李白這位站在白皚皚雪地中的白雪王子，雖然孤獨，但與其被捲入官場中的黑暗漩渦，還不如飲酒賦詩；何必在意別人眼光，只求自己能夠盡興囉。

尋西山隱者不遇　唐．丘為

絕頂一茅茨，直上三十里。扣關無僮僕，窺室唯案几。若非巾柴車，應是釣秋水。差池不相見，黽勉空仰止。草色新雨中，松聲晚窗裡。及茲契幽絕，自足蕩心耳。雖無賓主意，頗得清淨理。興盡方下山，何必待之子。

王徽之訪隱士戴安道興盡而返，所以當夜未見戴。丘為這首詩同樣是尋訪隱士，也同樣是未見到對方，不過卻是因為對方不在家。

古人沒有電話，丘為這天想去見在西山的隱士，只能直接登門拜訪了。看來丘為真的很想念他啊，竟然登山要直上三十里，但是！竟然連僮僕都不在家。丘為只能在屋外想像主人去了哪裡。

「巾車」是設有帷幕的車子，但因為是隱士，所以搭的是柴車。隱士應該不是搭車出遊，就是去釣魚了吧。差池（意外）跟隱士擦身而過了。黽（ㄇㄧㄣˇ）勉，勉力、盡力。仰止，形容對他人的景仰如望高山，語出《詩經．小雅．車舝》：「高山仰止，景行行止。」丘為簡直是把對方當偶像了，見不到人，欣賞一下偶像的住處也好。這裡的環境這麼好，可以想像隱士在「草色新雨中，松聲晚窗裡」的房子裡有多愜意，幽絕的環境有多適合放蕩心靈耳目。

雖然未曾真的作客，但是已經從環境中了解隱士清淨的理念了。「興盡」可以下山回家了，不須等待之子（這個人）。

全詩雖然念起來有點像偷窺狂的自言自語，不過丘為還滿能自得其樂的，而且爬山能直上三十里，身體想必相當健康，難怪可以活到九十六歲。

這首詩應該會讓大家想到賈島那首〈尋隱者不遇〉的名詩，不過賈島一直問一直問，就沒有丘為那麼看得開了：

松下問童子，言師採藥去。
只在此山中，雲深不知處。

題張氏隱居二首　唐・杜甫

春山無伴獨相求，伐木丁丁山更幽。澗道餘寒歷冰雪，石門斜日到林丘。不貪夜識金銀氣，遠害朝看麋鹿遊。乘興杳然迷出處，對君疑是泛虛舟。

之子時相見，邀人晚興留。霽潭鱣發發，春草鹿呦呦。杜酒偏勞勸，張梨不外求。前村山路險，歸醉每無愁。

這組詩有兩首，詩中典故大放送。

第一首七言律詩是寫杜甫初識隱士，前四句為尋訪過程。相求，語出《易經・乾卦・文言》：「同聲相應，同氣相求。」兩人的理念契合，故杜甫至春山尋找同樣無伴的張氏。南梁王籍〈入若耶溪〉云：「蟬噪林逾靜，鳥鳴山更幽。」《詩經・伐木》則說：「伐木丁丁，鳥鳴嚶嚶。」杜甫合在一起說山中伐木的丁丁聲讓山林更顯幽靜，這樣比王籍的山更有點人味。一路溯溪踩著冰雪，終於在斜日傍晚見到隱士。

「不貪夜識金銀氣，遠害朝看麋鹿遊」，這兩句的句法比較特別，要用前二後五來唸。古人傳說埋於地下的金銀寶劍，夜晚可見其上有氣，張氏因其「不貪」，所以夜晚才能見此金銀氣；又因其想要「遠害」，所以只跟麋鹿同遊，這就類似蘇軾〈赤壁賦〉的「侶魚蝦而友麋鹿」了。

這次來訪張氏，如王徽之乘興出遊，但杜甫遊著遊著，卻彷彿誤入桃花源，「遂迷，不復得路」。「虛舟」指無人駕馭、隨波逐流的小舟。《晉書．謝安傳》云：「太保沉浮，曠若虛舟。」跟張氏談話，便如面對曠達的謝安。

第二首五律則是兩人相熟之後所寫。「之子」（這個人）是《詩經》常用字，如「之子于歸，宜其室家」、「江有汜，之子歸」，這樣寫張氏便有古意。頷聯字面上是形容隱居處的環境優美，但亦是取自《詩經．碩人》「施罛濊濊，鱣鮪發發」，《詩經．鹿鳴》「呦呦鹿鳴，食野之苹，我有嘉賓，鼓瑟吹笙」，形容主人盛情款待。

頸聯再用典。相傳杜康為最早造酒之人，故曹操〈短歌行〉曰：「何以解憂，唯有杜康。」晉人潘岳〈閑居賦〉說屋旁種了「張公大谷之梨」。杜甫將主客兩人的姓融入這兩個典故，意即這本是我杜家的酒，卻偏勞主人勸酒；你張家剛好種有梨子，不須向外購買。這兩句有點像讀書人的俏皮話。

最後賓主盡歡，杜甫喝醉回家的路上，連在山裡走夜路都不怕。還好他是走路，喝酒不開車，開車不喝酒。

隋宮　唐・李商隱

乘興南遊不戒嚴，九重誰省諫書函？
春風舉國裁宮錦，半作障泥半作帆。

王徽之乘興泛舟訪友，這是雅事一樁，那麼皇帝也可以乘興出遊嗎？

隋煬帝想要乘龍舟巡幸江都，有一位從九品的小官員崔民象上表勸諫：目前各地舉兵為盜，不宜巡幸，應該留在長安。隋煬帝一聽大怒，崔民象就被斬了。龍舟繼續出發，路途還不到一半，又有一位從九品的小官員王愛仁勸諫皇上回長安，然後他也被斬了。

李商隱這首詩的前兩句便是說了這個故事。為何各地百姓會甘作盜賊呢？後兩句提出觀察：舉國人民奉命裁製珍貴的錦鍛，卻是為了讓皇帝出遊時，一半拿去做馬匹擋土用的障泥，一半用來當龍舟的船帆。百姓知道這件事，有可能不造反嗎？果然隔年李淵就攻破長安了，再一年後稱帝，是為唐高祖。

在隋朝滅亡前出遊，李商隱卻說隋煬帝是「乘興」，超酸。

水龍吟 宋·劉過

（寄陸放翁）

謫仙狂客何如？看來畢竟歸田好。玉堂無此，三山海上，虛無縹緲。讀罷〈離騷〉，酒香猶在，覺人間小。任菜花葵麥，劉郎去後，桃開處、春多少。

一夜雪迷蘭棹。傍寒溪、欲尋安道。而今縱有，劉郎〈冰柱〉，有知音否？想見鸞飛，如椽健筆，檄書親草。算平生白傅風流，未肯向、香山老。

陸放翁即是陸游，他晚年歸隱於山陰，所以這首劉過寫給他的詞，便用了王徽之在山陰……以及一堆典故。

當年李白奉詔入宮前，先去見了「四明狂客」賀知章，賀老一見李白便讚賞他是「謫仙人」。劉過這首詞劈頭就拿此事問：李白後來過得好嗎？

李白入宮後任翰林供奉，而漢代有玉堂殿及金馬門，後代指翰林院。劉過說，畢竟像陸游這樣歸園田居比較好啊！傳說海上有蓬萊、方丈、瀛洲三座虛無縹緲的神山，這可不就像陸游隱居的地方嗎？玉堂殿可沒有這種好風景。

《世說新語》載王恭說：「名士不必須奇才。但使常得無事，痛飲酒，熟讀〈離騷〉，便可稱名士。」照這個標準，陸游就是標準的名士了。

上片結尾用了劉禹錫的典故。劉禹錫曾被貶為朗州司馬，十年後終於回到京城任職，寫詩說「玄都觀裡桃千樹，盡是劉郎去後栽」，他見玄都觀裡有千棵桃樹也是笑笑，這些都是我這位劉郎離開京城後才栽種的。意思是現在宮廷裡的官員，都是因為我不在京城才有機會獲得提拔。這話當然觸怒當朝權貴，馬上又被貶官。十四年後，他終於又回到京城任官，看到玄都觀裡一棵桃樹都沒了，只有兔葵、燕麥這些雜草在春風中搖盪，於是相當不怕死的又寫一首詩〈再遊玄都觀〉：

百畝庭中半是苔，桃花淨盡菜花開。
種桃道士歸何處？前度劉郎今又來。

劉過借劉禹錫的詩安慰歸田的陸游，現在在朝當官的人，才能都比不上你，不過是些菜花葵麥罷了。

下片說他也想如王徽之雪夜訪戴一樣去拜訪陸游，因為只有陸游是知己。然後用了另一位劉郎的典故。據說中唐的劉叉因為自負才能，不肯巴結權貴，所以常穿破衣破鞋。劉叉聽說韓愈很願意提拔讀書人，因此拿了自己寫的詩〈冰柱〉去見韓愈，韓愈一看大為驚豔，認為比孟郊還厲害。這首〈冰柱〉的其中一個厲害處，在於他用了「麻韻」這個公認的險韻，韻中適合入詩的韻腳不多，一般人只會用花、斜、家、霞、涯、車等字，但劉叉竟然用麻韻寫了一首長詩，而且還用了嗟、麻、巴、杷、拏、賖、相這些很少人寫入詩的韻腳。蘇東坡也曾自嘆不如說：「老病自嗟詩力退，空吟〈冰柱〉憶劉叉。」

劉過說就算我的詩詞能媲美劉叉的〈冰柱〉，除了你，又有誰懂得欣賞呢？最後筆鋒一轉，陸游既然這麼有才能，就像晉人王珣有一隻如椽大筆，那麼從此隱居還是太可惜了。劉過期待陸游能東山再起，親筆撰寫討伐敵國的檄書，就連香山居士白居易這種風流人物，也不肯在香山隱居終老的。題外話，白居易活到七十五歲已是長壽，陸游更享壽八十六歲，兩人應該都很樂天知命吧。

湘月　宋末元初·張炎

（余載書往來山陰道中，每以事奪，不能盡興。戊子冬晚，與徐平野、王中仙曳舟溪上。天空水寒，古意蕭颯。中仙有詞雅麗；平野作〈晉雪圖〉，亦清逸可觀。余述此調，蓋白石〈念奴嬌〉鬲指聲也。）

行行且止，把乾坤收入，篷窗深裡。星散白鷗三四點，數筆橫塘秋意。岸觜衝波，籬根受葉，野徑通村市。疏風迎面，濕衣原是空翠。
堪嘆敲雪門荒，爭棋墅冷，苦竹鳴山鬼。縱使如今猶有晉，無復清遊如此。落日沙黃，遠天雲淡，弄影蘆花外。幾時歸去，剪取一半煙水。

王沂孫，號中仙，與張炎同為宋末元初的著名文人。「載書」為盟約，引申為公事。張炎在詞序中描述，雖常在山陰道中往來，但因為公事繁忙，總是不能盡興遊玩。這一天他、王沂孫與畫家徐平野一同在山陰泛舟，王寫了詞，徐畫了一幅〈晉雪圖〉，應該就是想像王徽之雪夜訪戴的圖吧，然後張炎寫了這首詞。

這首詞的詞牌〈湘月〉，即是姜夔（號白石道人）將原有的〈念奴嬌〉改編成鬲指聲。這些曲調現在皆已失傳，我們可以想像是轉調就行了。

上片寫他們從舟中窗戶看出去的景色，冬天泛舟應該很冷吧，所以沒人站在甲板上，最後一句「濕衣原是空翠」是從王維的「山路元無雨，空翠濕人衣」改寫而來，濕氣很重但是遊興不減，而且還有白鷗（又是白鷗）相伴。

下片「敲雪門荒」是指王徽之雪夜訪戴。「爭棋墅冷」指謝安與謝玄「圍棋賭墅」的故事，可參考第五章「東山再起」。自淝水之戰，即東晉武帝太元八年（西元三八三年），至張炎寫此詞的戊子年，即元世祖至元二十五年（西元一二八八年），已過了九百年，必然已門荒、墅冷，加上冷風吹過竹林如鬼叫聲，景色一片荒涼，難怪他會說「堪嘆」。桃花源中人「不知有漢，無論魏晉」，張炎在連用晉人典故之後則說「縱使如今猶有晉，無復清遊如此」，晉人也不像他們今天清遊盡興。這是說反話，當年晉國尚未亡國，而張炎寫此詞時宋朝已滅亡九年，遊舟的心情應該比晉人更為沉重。

據說晉人索靖曾在觀賞顧愷之的畫後，說他好想把畫中的山水剪回家：「恨不帶并州快剪刀來，剪松江半幅練紋歸去。」杜甫則在看了王宰畫的山水圖之後照樣造句：「焉得并州快剪刀，剪取吳淞半江水。」張炎結語說「幾時歸去，剪取一半煙水」，不只是讚賞眼前風景，也同時是讚美徐平野畫的〈晉雪圖〉了。讚美人也要用典故，這就是古代文人的樂趣吧。

十四

蓴羹鱸膾：再吃一頓家鄉菜

關鍵詞【#鱸魚膾、#菰菜、#蓴羹、#張翰、#見秋風起】

故事

李白二十餘歲剛離開故鄉蜀地時，搭船路過荊門，此時正值秋天，草木搖落，但畢竟才剛出來見見世面的年紀，年輕人還不懂得悲秋，他寫詩〈秋下荊門〉說：

霜落荊門江樹空，布帆無恙掛秋風。
此行不為鱸魚膾，自愛名山入剡中。

他先學東晉大畫家顧愷之說「行人安穩，布帆無恙」，描述此行順風順水。接著說，我可不是要去吃剡溪的名產鱸魚膾（ㄎㄨㄞˋ），而是想去見識那裡名山的風景。所以李白不是乘興要去剡溪泛舟，應該是想到晉人王獻之在秋天的山陰道上讚嘆：「山川自相映發，使人應接不暇；若秋冬之際，尤難為懷。」當然囉，李白也可能是想學劉晨、阮肇，沿著剡溪去天台山找仙子……

至於鱸魚膾，則是引自本篇主角西晉張翰的典故，不過張翰是要回鄉，而李白是離開故鄉，所以才說「不為鱸魚膾」，跟名產無關。四句詩就用了三個典故，果然書呆子是從小養成的。

張翰，字季鷹，據說為人不拘小節，有一天在吳地的故鄉河邊，聽到有人在船上彈琴，「真會彈！」他就跑上船去拜會。彈琴的人是賀循，兩人一聊天對彼此都很有好感，張翰聽說他要去京城洛陽任官，就說：「我也有事要去京城，我們一起走吧！」於是張翰沒跟家人說一聲就搭著別的男人的船出發了。這不是不拘小節，而是任性吧？

雖然不知道張翰原本有何事去洛陽，但可能他的確很有才華，當時掌權的齊王司馬冏便延攬他當官，他也就留下來了。

但是這麼任性的人，怎麼可能好好當官？他的綽號可是「江東步兵」，意思是他的任性可不亞於「竹林七賢」之一的「阮步兵」阮籍。

這一天張翰「見秋風起」，喊了一聲「悲哉！」然後說：「好想吃家鄉的菰菜、蓴羹、鱸魚膾喔，人生啊，最重要的就是自由自在，怎麼能為了官爵，而在千里之外當官呢？」然後當場寫了一首詩：

秋風起兮佳景時，吳江水兮鱸正肥。
三千里兮家未歸，恨難得兮仰天悲。

他當然不會沉浸在這種「仰天悲」的負面情緒中，所以就命手下駕著車揚長而去，直接往三千里外的家鄉而去。

有朋友問他：「你這樣只求自己自在，都不為死後的名聲著想嗎？」張翰是一個活在當下的男人，他說：「使我有身後名，不如即時一杯酒。」

看來李白的個性與張翰有八十七分像。不過李白是由玄宗賜金放還，拿到一筆資遣費才走人，而張翰甚至沒跟長官說一聲就走了，更加瀟灑。

張、李兩人更大的差異，在於洞察世界的眼光。我們已經知道，安史之亂後李白投入永王李璘的幕府，而永王卻不服新皇帝唐肅宗的號令，永王兵敗被殺後，李白也被流放夜郎。

張翰聰明多了。我們在〈韓壽偷香〉那一章的結尾說到「趙王司馬倫起兵征討賈后」，當時「八王之亂」才剛開始喔。然後就輪到齊王司馬冏聯合成都王及河間王討伐趙王，齊王得勝後雖擁立晉惠帝復位，卻是由齊王司馬冏總攬政權。張翰赴洛陽並於齊王手下任職，即是在此時期。

齊王輔政不過短短兩年，就被長沙王司馬乂斬殺於宮門，且「諸黨屬皆夷三族」。而此時的張翰呢，愛吃的人有福了，他為了吃菰菜、蓴羹、鱸魚膾，早早回家去了，逃過一劫。

會想念家鄉菜的人，可不只是曠達任性而已，更知道哪裡才是可以安身立命的地方吧。

※本篇故事參考《晉書．張翰傳》、《晉書．列傳第二十九》、《世說新語》

詩詞

行路難三首（其三）　唐・李白

有耳莫洗潁川水，有口莫食首陽蕨。含光混世貴無名，何用孤高比雲月。吾觀自古賢達人，功成不退皆殞身。子胥既棄吳江上，屈原終投湘水濱。陸機雄才豈自保，李斯稅駕苦不早。華亭鶴唳詎可聞，上蔡蒼鷹何足道？君不見吳中張翰稱達生，秋風忽憶江東行。且樂生前一杯酒，何須身後千載名。

李白被玄宗「賜金放還」後，寫了〈行路難三首〉，每一首都是典故組合技連發。從詩名「行路難」可知，這組詩的主旨為李白不知何去何從的心情。南朝宋鮑照〈擬行路難〉即寫「對案不能食，拔劍擊柱長嘆息」，李白在第一首便照抄為「停杯投箸不能食，拔劍四顧心茫然」，但是結語對未來仍抱持希望，「長風破浪會有時，直掛雲帆濟滄海」，總有一天可以如南朝宋時宗愨所說「願乘長風破萬里浪」，可以入朝建功立業。

第二首先感嘆「大道如青天，我獨不得出」，天下之大卻是無路可走，原因是「曳裾王門不稱情」，他只能依照自己的性情生活，可無法低聲下氣去依附權貴之門。據說戰國時燕昭王曾築黃金臺，廣招天下賢才，如果有人可以像燕昭王這禮賢下士，他也會願意輸肝剖膽，但天下已經沒有這種謙虛待人的君王了。

從前兩首可以看出，李白心高氣傲，只想「平交王侯」，也就是跟王侯平起平坐。但憑什麼別人都要乖乖考科舉，從校書郎、縣尉這些九品小官開始努力，你李白就可以一步登天？雖然李白的心願是可以像諸葛亮遇到劉備、樂毅遇到燕昭王，直接獲得重用，但我怎麼看都認為他閉門讀書太久了，讀成一個書呆子，忘了唐朝的官場環境已經有了較為完整提拔的升遷制度。想當公務員，就認真準備高普考，不對，去考進士吧！

第三首說明人生目標是「功成身退」。

前四句用了兩個典故。據說帝堯也曾想讓位給許由，許由不從，堯又想請許由當九州長，許由聽了這些話覺得弄髒了耳朵，所以跑去潁川洗耳朵。他的朋友巢父這時牽著一頭牛經過，聽許由說了緣由之後，就把牛牽到上游去喝水。

巢父說：「喝這水會弄髒牛的嘴巴。你要是真的躲到深山裡隱姓埋名，隱汝形，藏汝光，堯怎麼找得到你？你只是想藉由拒絕堯而得到清高的名聲吧！」

另外，商朝末年的伯夷、叔齊，原本想去投靠商朝諸侯國之一的周國，他們聽說周文王是個賢君。但是他們到周國時文王已經過世，繼位的周武王還沒正式安葬文王，就在車上載著文王的牌位，準備攻打商國的君主帝辛（即商紂王）。伯夷、叔齊攔下武王的馬車說：「父死不葬，這是孝嗎？以臣弒君，這是仁嗎？」武王身邊的太公望（即姜子牙）一聽就說：「此義人也。」阻止身邊衛士抓走他們。

周武王滅商之後，伯夷、叔齊隱居於首陽山，「不食周粟」，也就是周國的米我們才不吃呢，只採摘野菜而食。後來他們一想，商國已經滅亡，就連野菜都是周國的野菜，後來便餓死了。

李白此詩的前四句，意思便是要當隱士，就徹底當個「隱汝形，藏汝光」的隱士，不要學許由去潁川洗耳，也不要學伯夷、叔齊去首陽山採野菜，最好是默默無名，不用自以為跟白雲明月一樣清高。

但是李白在第一首〈行路難〉已經說了「長風破浪會有時，直掛雲帆濟滄海」，當隱士是以後的事，他現在想要先貢獻所長，建立一番功業。不過他書看多了也知道一個道理：自古以來，那些功成身不退的人都沒有好下場，然後連舉了四個例子。

例一，春秋時的伍子胥，輔佐吳王闔廬伐楚，報了父兄被楚平王所殺之仇。後來闔廬與越王勾踐作戰時傷重不治，其子夫差即位，伍子胥再助夫差伐越，大破越軍。越王句踐派人請和，但是伍子胥認為應一舉滅掉越國，永絕後患，不過夫差卻是輕易就答應和談了。其後伍子胥一再勸夫差伐越，夫差不僅不聽建議，竟然聽信旁人讒言，賜死伍子胥。

伍子胥自盡前說：「我死後將我的眼睛挖出來，掛在城門上，我要親眼看著越軍入城。」

夫差聽說了伍子胥的遺言，氣噗噗說：「偏不讓你看！」便命人將伍子胥的屍體裝袋沉入江中。

例二，屈原的故事大家都很熟了。楚懷王在位時，屈原任三閭大夫，反對楚秦聯盟；楚懷王被秦國扣留後，楚襄王繼位，屈原因反對與秦國議和，所以被流放南方。最後聽說秦軍攻入楚國國都郢都，傷心之下自投汨羅江。汨羅江與湘江都匯入洞庭湖，李白寫「湘水」只是為了字面上與「吳江」相對。

例三，陸機家世顯赫，與弟陸雲合稱「二陸」。祖父陸遜於三國時任吳國丞相，曾令關羽大意失荊州，火攻劉備連營七百里；父親為吳國大司馬陸抗，曾率軍對抗晉國將軍羊祜。據說陸機少有異才，文章冠世，吳亡之後閉門勤學，數年後二陸才赴洛陽，並去拜會當時文壇大老張華，張華見了他們之後說：「伐吳之役，利獲二俊。」得到二陸是伐吳最大的收穫。題外話，蘇軾也曾將自己與弟弟蘇轍自比為二陸：「當時共客長安，似二陸初來俱少年。有筆頭千字，胸中萬卷，致君堯舜，此事何難。」

雖然二陸在洛陽聲名大噪，但還是有人勸陸機回故鄉，不過陸機認為自己在此亂世大有可為，便效命於成都王司馬穎麾下。不過他似乎沒有繼承到父祖輩的軍事天才，領軍討伐長沙王司馬乂遭遇大敗，後為司馬穎所殺，死前想起在家鄉華亭讀書時，常常聽見鶴鳴聲，因此感嘆「華亭鶴唳，豈可復聞乎！」

例四，李斯輔佐秦王政滅六國之後，任秦國丞相，但後為趙高所陷害，腰斬於咸陽市，臨刑前跟兒子說：「我想再跟你一起牽著黃犬、臂上舉著蒼鷹，在上蔡東門追逐狡兔，恐怕是辦不到了。」

李白舉了這四個「功成不退皆殞身」的例子之後，下結論：還是秋風一起，就回去江東吃家鄉菜的的張翰，最為通達事理啊！我不像那些假隱士那般在乎世上的虛名，如果讓我有「功成」的一天，必然懂得及時「身退」，因為我的人生哲學跟張翰一樣：「且樂生前一杯酒，何須身後千載名。」

不過李白舉的例子中，屈原、陸機還稱不上「功成」，除非天下知名就已經算是成功了。但以這個標準來看，李白出宮後就已是天下知名，如果他從此當個隱士，就不會有後來流放夜郎的屈辱了。難怪李白只是謫仙而非仙，畢竟還是看不開。

而且，讀著李白老是嚷嚷功成身退，總是讓我想像一個棒球員，都還沒踏上球場，更別說在大聯盟打球了，就想著自己進名人堂之後的退休生活。不過這也是李白最棒的地方，心中的想法，何妨大聲說出來，不用擔心他人的眼光，不要自縛手腳。如果每個人都乖乖去考進士，低眉斂首的過日子，那唐詩就少了一種豪放的味道，更何況李白是連自己的困境都能用這麼有自信的聲調說出來。

與李十二白同尋范十隱居　唐・杜甫

李侯有佳句，往往似陰鏗。余亦東蒙客，憐君如弟兄。
醉眠秋共被，攜手日同行。更想幽期處，還尋北郭生。
入門高興發，侍立小童清。落景聞寒杵，屯雲對古城。
向來吟〈橘頌〉，誰欲討蓴羹。不願論簪笏，悠悠滄海情。

此詩的取材立意很單純，杜甫跟李白一起去找范隱士聊天（唐人習慣用家族排行來稱呼他人，杜甫在家族中排行老二，所以是杜二甫，李十二白與范十也是同樣的說法）。不過近朱者赤，杜甫既然跟李白同遊，便也在這首詩中用了好多典故。我們家杜甫本來很乖的，都是被李白帶壞的。他們分手之後，杜甫寫詩〈春日憶李白〉說「何時一尊酒，重與細論文」，可能他們去找范十隱士時，李白也一直跟他討論作文吧……

詩的開頭即稱李白為「李侯」，可見杜甫多尊敬這位年長他十一歲的大哥，他說李白詩中的名言佳句，跟南朝梁陳間擅長五言詩的陰鏗寫得一樣好。

「東蒙客」指春秋時的老萊子，因避亂世而隱居於蒙山。「北郭生」為東漢廖扶，父親雖曾為太守卻下獄而死，所以他終生不為官，人稱「北郭先生」。不過李白曾獨自去找這位范十，說他家「酸棗垂北郭，寒瓜蔓東籬」，所以「北郭生」也可以指范十。總之，杜甫的意思是我沒當官，你也沒當官，我們一起去找沒當官的隱士范十。

「憐」在古文中接近今日的「愛」，「憐君如弟兄」，杜甫對李白說，我愛你如兄弟。「醉眠秋共被，攜手日同行」，我們喝醉了就蓋同一條被子睡覺，白天手牽手一起遊玩。這可能是暗用了東漢姜肱的典故：據說姜肱與兩個弟弟感情極好，每天晚上都要蓋同一條被子睡覺，就算三兄弟結婚後，也只會輪流回房陪夫人共寢。這就是典故「姜被」的由來，形容兄弟之愛。晚唐詩人杜牧冬日在外，想念弟弟時也說「旅館夜憂姜被冷」。

兩人尋到范十之後，杜甫沒有正面描寫范十，而是寫了「侍立小童清」，僮僕都已眉清目秀，可以想像范十也不是俗人。三個讀書人興致高張，但他們不是馬上飲酒作樂喔，而是一起朗讀了屈原的〈橘頌〉（Why?）敬佩屈原的人格，然後杜甫問：「誰想要跟我一起，像張翰一樣回鄉吃蓴羹啊？」

簪笏（ㄗㄢ ㄏㄨˋ），冠簪與手版，古代官員必備的道具。杜甫說我們不要想著當官了，泛舟滄海就是最棒的生活啊！

當場李白應該沒有回答，心中想著：「我說『直掛雲帆濟滄海』，不是想要泛舟，而是想要當大官之後救濟蒼生百姓啦！」

這首詩的內容雖然簡單，但在後世也引起一些爭議。據說宋朝王安石跟朋友分析，杜甫在〈春日憶李白〉中說李白的作品如「清新庾開府，俊逸鮑參軍」，不過將李白比為南北朝的庾信和鮑照而已，這首詩說「李侯有佳句，往往似陰鏗」，則又比為陰鏗，而陰鏗的作品又在庾、鮑之下，可見杜甫對李白作品的評價不高。李白曾經寫過一首詩調笑杜甫：「飯顆山頭逢杜甫，頂戴笠子日卓午。借問因何太瘦生，總為從前作詩苦。」大意是杜甫你為什麼這麼瘦呢？是不是寫詩對你來說太辛苦了？因此王安石下結論：既然李、杜兩人齊名，必然怕對方的名氣壓過自己，所以杜甫、李白才會這樣評價對方吧。

王安石的分析未必公允，因為杜甫真的非常佩服李白才思敏捷，所以他才說「李白一斗詩百篇」；即使在安史之亂後，李白因投入永王李璘的幕府，遭受大家唾棄，杜甫仍獨排眾議支持李白：「世人皆欲殺，吾意獨憐才。敏捷詩千首，飄零酒一杯。」而且李杜齊名是在杜甫過世多年之後，杜甫生前的名氣可是遠遜於李白。

我想杜甫說「憐君如弟兄」、「吾意獨憐才」，他對李白的愛應該是真心的。

洗兵馬　唐．杜甫

（收京後作）

中興諸將收山東，捷書夜報清晝同。河廣傳聞一葦過，胡危命在破竹中。
祇殘鄴城不日得，獨任朔方無限功。京師皆騎汗血馬，回紇餧肉蒲萄宮。
已喜皇威清海岱，常思仙仗過崆峒。三年笛裡關山月，萬國兵前草木風。
成王功大心轉小，郭相謀深古來少。司徒清鑑懸明鏡，尚書氣與秋天杳。
二三豪俊為時出，整頓乾坤濟時了。東走無復憶鱸魚，南飛覺有安巢鳥。
青春復隨冠冕入，紫禁正耐煙花繞。鶴駕通宵鳳輦備，雞鳴問寢龍樓曉。
攀龍附鳳勢莫當，天下盡化為侯王。汝等豈知蒙帝力，時來不得誇身強！

關中既留蕭丞相，幕下復用張子房。張公一生江海客，身長九尺鬚眉蒼；
徵起適遇風雲會，扶顛始知籌策良。青袍白馬更何有？後漢今周喜再昌。
寸地尺天皆入貢，奇祥異瑞爭來送。不知何國致白環，復道諸山得銀甕。
隱士休歌紫芝曲，詞人解撰河清頌。田家望望惜雨乾，布穀處處催春種。
淇上健兒歸莫懶，城南思婦愁多夢。安得壯士挽天河，淨洗甲兵長不用！

據說周武王伐商紂王時，途中遇暴風大雨，但是武王信心滿滿：「上天降雨，是為了洗淨我們的兵器。」一戰勝之後，武王收起干戈，以示天下從此不須再用兵器。這便是詩名〈洗兵馬〉及結論「淨洗甲兵長不用」之意。

安史之亂後三年，官軍終於收復長安、洛陽兩京，杜甫難得寫下一首歡快的詩，認為當時天下大勢如東漢中興。第三句「河廣傳聞一葦過」借用了《詩經．河廣》「誰謂河廣，一葦杭（通「航」）之」，言安史軍不堪一擊。

其下寫了諸多當時的人名，只要大約了解就能讀通全詩。讀此詩便如讀到當時的歷史現場，這也是為何我們說杜詩是「詩史」。

「祇（ㄓ，只、僅）殘鄴城不日得」，此時只剩安祿山之子安慶緒仍據守鄴城，「獨任朔方無限功」，收復兩京應由朔方節度使、後拜同中書門下平章事（即宰相）的郭子儀居首功。「成王功大心轉小，郭相謀深古來少」，「成王」為李豫，收復兩京時任兵馬元帥，唐肅宗過世後登基，即唐代宗。杜甫讚許成王立此戰功之後更為謹慎，郭子儀則是深謀遠慮。

不過杜甫也點出隱憂，「回紇餧（通「餵」）肉蒲萄宮」，回紇兵雖助唐軍收復長安，但這些大口吃肉的回紇兵未來可能無人可以制衡。「三年笛裡關山月」，希望皇帝不要忘了當年在崆峒山避難的艱苦歲月。幸好此時司徒李光弼、尚書王思禮都是足擔大任的人才，「關中既留」、「幕下復用」等句，則是建議朝廷重用房琯、張鎬等英才。「東走無復憶鱸魚」，杜甫希望從此之後，大家不必再學張翰為了躲避戰爭，而要逃回家鄉吃鱸魚了。

不過杜甫的心願落空，安史之亂還要四年才會平定，且之後各地藩鎮互相攻伐，他的後半生見不到「淨洗甲兵長不用」的一天。

秋思　唐．張籍

洛陽城裡見秋風，欲作家書意萬重。
復恐匆匆說不盡，行人臨發又開封。

張籍跟張翰一樣在「洛陽城裡見秋風」，但他不像張翰可以立刻搭上馬車回家，只能寫一封信，託行人帶給家人。但是萬重的想念怎麼寫得盡？行人要出發前，他又打開信封補上幾句。

歷來文人，多將這首詩與岑參這首〈逢入京使〉相提並論，都是在匆忙之下，言有盡而意無窮：

故園東望路漫漫，雙袖龍鍾淚不乾。
馬上相逢無紙筆，憑君傳語報平安。

不過在我們這個可以視訊聊天的年代，應該很難體會這麼古典的情緒，除非是被對方封鎖了，才會有心意無法傳遞的時刻吧。

長安秋望　唐．趙嘏

雲物淒清拂曙流，漢家宮闕動高秋。殘星幾點雁橫塞，長笛一聲人倚樓。
紫豔半開籬菊靜，紅衣落盡渚蓮愁。鱸魚正美不歸去，空戴南冠學楚囚。

趙嘏（ㄍㄨˇ）為晚唐詩人，此詩寫他凌晨時在長安登樓時所望所想。唐人習慣以漢朝代指唐國，在曙光出現前，一切景物都如趙嘏自己的心情一般淒清，彷彿宮城也隨著雲氣流動。因為天尚未明，還能見到幾點殘星，一列大雁正飛往南方避寒。此時沒聽見雁鳴聲，卻突然聽見一聲長笛，劃破拂曉前的寧靜，循聲看去，只見有人倚著城樓在吹笛。

天色漸明之後，見到紫豔的菊花半開，此時應是初秋，但秋風已將紅蓮的花瓣吹落。張翰說「見秋風起」，從菊花和蓮花的變化，就知道原來秋風真的是「可見」的，此時南方的鱸魚最是肥美，趙嘏卻無法如張翰一般任性歸鄉。《左傳》記載了楚人鍾儀下獄後仍戴著南方楚人的頭冠，自己豈不是跟鍾儀一樣「空」（徒然、枉自）懷鄉？

據說同為晚唐詩人的杜牧讀到「殘星幾點雁橫塞，長笛一聲人倚樓」這兩句時，吟味再三，認為這是趙嘏的代表作啊，所以幫他取了藝名「趙倚樓」。後來杜牧學「雪夜訪戴」去「雪晴訪趙」，然後寫了〈雪晴訪趙嘏街西所居三韻〉這首詩：

命代風騷將，誰登李杜壇。
少陵鯨海動，翰苑鶴天寒。
今日訪君還有意，三條冰雪獨來看。

「少陵」為杜甫，「翰苑」指李白。杜牧問：今時今世，有誰可以登上李、杜的道壇？杜甫才大如鯨海，李白才高如鶴天，杜牧這天特別踏著冰雪覆蓋的三條大道來找趙嘏。

哇嗚，杜牧的名氣遠大於趙嘏，卻對他盛讚有加，真是個好人，網紅無償在社群媒體上倒粉給別人。那麼，大家再讀一首李白的詩吧，同樣是登樓想見家而不見家，惆悵之時卻意外聽人吹笛的名作：

〈與史郎中欽聽黃鶴樓上吹笛〉

一為遷客去長沙，西望長安不見家。
黃鶴樓中吹玉笛，江城五月落梅花。

雙頭蓮　宋．陸游

（呈范至能待制）

華鬢星星，驚壯志成虛，此身如寄。蕭條病驥，向暗裡、消盡當年豪氣。夢斷故國山川，隔重重煙水。身萬里，舊社凋零，青門俊遊誰記？

盡道錦里繁華，嘆官閒晝永，柴荊添睡。清愁自醉，念此際、付與何人心事。縱有楚柁吳檣，知何時東逝？空悵望，膾美菰香，秋風又起。

范至能即是范成大，陸、范兩人曾同時在南宋朝廷為官，范成大在成都任四川制置使時，則辟陸游為參議官。陸游寫作此詞時，暫時因病休官，因此感嘆雖如老驥伏櫪，卻已是「病驥」，滿頭星星白髮。

此前陸游曾在四川宣撫使王炎麾下任職，一心想要北伐金國，收復長安，這就是陸游的「壯志豪氣」，不過隨著王炎被調回都城臨安，此一壯志已「成虛」，他另有詞寫此落寞心情：「江海輕舟今已具，一卷兵書，嘆息無人付。」

成都雖然繁華，且無官身閒，白晝又長，但他無心也無力出遊，只能醉了又睡，睡了又醉。柁（ㄊㄨㄛˊ，同「舵」），檣（ㄑㄧㄤˊ，船的桅桿），縱使有船也無用，秋風又起，他也想起張翰的菰菜和鱸魚膾了。

沁園春　宋．辛棄疾

（帶湖新居將成）

三徑初成，鶴怨猿驚，稼軒未來。甚雲山自許，平生意氣；衣冠人笑，抵死塵埃。意倦須還，身閒貴早，豈為蓴羹鱸膾哉？秋江上，看驚弦雁避，駭浪船回。

東岡更葺茅齋。好都把軒窗臨水開。要小舟行釣，先應種柳；疏籬護竹，莫礙觀梅。秋菊堪餐，春蘭可佩，留待先生手自栽。沉吟久，怕君恩未許，此意徘徊。

辛棄疾任江西安撫使時，在上饒城北的帶湖畔修建新居，作為退隱之用，此時新居將成，寫下此詞。

「三徑」典出漢人蔣詡歸鄉里，家門前盡是荊棘，他開設三條小徑，只有少數朋友相往來。陶淵明辭官後寫〈歸去來兮辭〉，也用了此典故：「僮僕歡迎，稚子候門。三徑就荒，松菊猶存。」孟浩然北上求官時曾說「一丘常欲臥，三徑苦無資」，想退隱卻因窮困而不得不出門找工作。

辛棄疾倒是挺富有的，他的三徑初成之後，雖沒有僮僕歡迎，但知道鶴、猿都埋怨他為何不早點回來，這是用另一典故：南朝齊孔稚珪〈北山移文〉說「蕙帳空兮夜鶴怨，山人去兮曉猿驚」，「鶴怨猿驚」是北山責怪周顒原本隱居卻又外出當官，辛棄疾的鶴猿則是怨他尚未歸來。

雖然在金國出生，但辛棄疾心向宋國，年輕時領軍從金國一路打回宋國投靠，但是宋國朝廷一意與金國議和，因此主戰派的辛棄疾始終不受重用。既然如此，不如早點退隱吧，「意倦須還，身閒貴早，豈為蓴羹鱸膾哉？」他跟張翰不同，他已經盡過自己最大的努力而意倦，可不是為了家鄉美味。

新居有哪些地方要加強呢？修葺茅齋之外，還要種柳、竹、梅、菊、蘭。堂堂一個能征善戰的將軍，胸中有兵書萬卷，此時卻只想著種植物？這種無奈就是他另首詞所說的：「卻將萬字平戎策，換得東家種樹書。」

其中「秋菊堪餐，春蘭可佩」，出自屈原〈離騷〉的「餐秋菊之落英」、「紉秋蘭以為佩」，辛棄疾問心無愧，對自己的人格很有信心。

後來辛棄疾將這座帶湖新居命名為「稼軒」，在此居住之後，他說「帶湖吾甚愛」，不過他的好朋友不是鶴猿，而是白鷗，寫下這首〈水調歌頭〉，大家參考「鷗鳥忘機」這一章就能讀懂這首詞，結語說柳樹要多種一點：

〈水調歌頭〉

（盟鷗）

帶湖吾甚愛，千丈翠奩開。先生杖屨無事，一日走千回。凡我同盟鷗鷺，今日既盟之後，來往莫相猜。白鶴在何處？嘗試與偕來。

破青萍，排翠藻，立蒼苔。窺魚笑汝痴計，不解舉吾杯。廢沼荒丘疇昔，明月清風此夜，人世幾歡哀？東岸綠陰少，楊柳更須栽。

摸魚子　宋末元初．張炎

（高愛山隱居）

愛吾廬、傍湖千頃，蒼茫一片清潤。晴嵐暖翠融融處，花影倒窺天鏡。沙浦迴。看野水涵波，隔柳橫孤艇。眠鷗未醒。甚占得蓴鄉，都無人見，斜照起春暝。

還重省。豈料山中秦晉，桃源今度難認。林間即是長生路，一笑元非捷徑。深更靜。待散髮吹簫，跨鶴天風冷。憑高露飲。正碧落塵空，光搖半壁，月在萬松頂。

辛棄疾在帶湖稼軒說「帶湖吾甚愛」，更早的陶淵明說「眾鳥欣有托，吾亦愛吾廬」。張炎在高愛山的湖旁隱居，開頭也直說「愛吾廬、傍湖千頃」。上片說這裡環境優美，也有柳樹、白鷗（again），便學唐人韋應物「野渡無人舟自橫」。「甚占得蓴鄉」的「甚」為「正是」的意思，與前首辛棄疾詞「甚雲山自許」的「甚」相同。這個無人知曉的地方，就是我的蓴鄉，不須再如張翰歸去了。

下片說儘管如此，但這裡畢竟不是「不知有漢，無論魏晉」的避秦桃花源。不過此地適合養老學長生，自己隱居原本就不是為了踏上當官的終南捷徑。然後他開始想像自己學長生之後，可以跨鶴飛天，餐風飲露。

這當然只是幻想，張炎散髮吹簫橫孤艇，心情應如李白「人生在世不稱意，明朝散髮弄扁舟」。不過如果能幻想自己從高空往下看塵世的景象，如「月在萬松頂」，應該也是亡國之後的一種解脫。

這個哏，古人很愛用

14 組典故關鍵詞，讓你擴充古文語感，深入古代詩人的潛意識

作　　者　趙啟麟
封面設計　吳郁婷
版型設計　陳姿秀
內頁排版　高巧怡
行銷企劃　蕭浩仰、江紫涓
行銷統籌　駱漢琦
業務發行　邱紹溢
營運顧問　郭其彬
責任編輯　吳佳珍
總 編 輯　李亞南
出　　版　漫遊者文化事業股份有限公司
地　　址　台北市103大同區重慶北路二段88號2樓之6
電　　話　(02) 2715-2022
傳　　真　(02) 2715-2021
服務信箱　service@azothbooks.com
網路書店　www.azothbooks.com
臉　　書　www.facebook.com/azothbooks.read

發　　行　大雁出版基地
地　　址　新北市231新店區北新路三段207-3號5樓
電　　話　(02) 8913-1005
訂單傳真　(02) 8913-1056
初版一刷　2024年08月
定　　價　台幣450元

ISBN　978-986-489-985-2

國家圖書館出版品預行編目 (CIP) 資料

這個哏，古人很愛用：14 組典故關鍵詞，讓你擴充古文語感，深入古代詩人的潛意識/ 趙啟麟著. -- 初版. -- 臺北市：漫遊者文化事業股份有限公司出版：大雁出版基地發行, 2024.08
288　面；14.8X21 公分
ISBN 978-986-489-985-2(平裝)
1.CST: 中國文學 2.CST: 文學評論 3.CST: 關鍵詞

820.7　　113010404